Günter Huth
**Der *Schoppenfetzer*
und der tödliche Rausch**

Günter Huth wurde 1949 in Würzburg geboren und lebt seitdem in seiner Geburtsstadt. Er kann sich nicht vorstellen, in einer anderen Stadt zu leben. Von Beruf ist er Rechtspfleger (Fachjurist). Günter Huth ist verheiratet und hat drei Kinder. Seit 1975 schreibt er in erster Linie Kinder- und Jugendbücher sowie Sachbücher aus dem Hunde- und Jagdbereich. Außerdem hat er bisher Hunderte Kurzerzählungen veröffentlicht. In den letzten Jahren hat sich Günter Huth vermehrt dem Genre „Krimi" zugewandt und bereits einige Kriminalerzählungen veröffentlicht. 2003 kam ihm die Idee für einen Würzburger Regionalkrimi. „Der Schoppenfetzer" war geboren. 2013 erschien sein Thriller „Blutiger „Spessart", mit dem er eine völlig neue Facette seines Schaffens als Kriminalautor zeigt. Der Autor ist Mitglied der Kriminalschriftstellervereinigung *Das Syndikat*.

Die Handlung und die handelnden Personen dieses Romans sind frei erfunden. Jede Ähnlichkeit mit toten oder lebenden Personen oder Persönlichkeiten des öffentlichen Lebens ist nicht beabsichtigt und rein zufällig.

Günter Huth
Der *Schoppenfetzer* und der tödliche Rausch

Der zwölfte Fall des Würzburger
Weingenießers Erich Rottmann

Buchverlag **Peter Hellmund**

WÜRZBURG ZUR ZEIT DER HEXENPROZESSE

Der wuchtig geführte Hieb des Scharfrichters mit dem schweren Richtschwert traf zielgenau den Nacken der wegen Hexerei verurteilten Adelheid Schuster aus dem Würzburger Mainviertel. Mit einem Streich trennte er den Kopf der knienden Frau vom Rumpf. Durch die Menschenmenge, die sich um das Schafott vor der Marienkapelle versammelt hatte, ging ein jäher Aufschrei. Der Henkersknecht, der den Kopf der Frau an den Haaren festgehalten hatte, um ein Ausweichen der Verurteilten in letzter Sekunde zu verhindern, präsentierte dem Volk das abgetrennte Haupt. Währenddessen kippte der Körper der Hingerichteten nach vorne. Ihr Blut verteilte sich im Rhythmus des noch immer schlagenden Herzens über das hölzerne Schafott und versickerte im Erdreich.

Dies war die letzte Hinrichtung für den heutigen Tag gewesen. Insgesamt lagen nun fünf enthauptete Körper in dem großen Weidenkorb neben dem Schafott. Zwei Priester aus der Dompfarrei und drei Frauen, eine Nonne, eine Hebamme und die Frau eines Stadtrats, waren von der Inquisition der Hexerei und Zauberei für schuldig befunden worden. Daraufhin waren sie durch das weltliche Gericht zum Tod durch Verbrennen auf dem Scheiterhaufen verurteilt worden. Fürstbischof Philipp Adolf von Ehrenberg war in der letzten Zeit immer häufiger dazu übergegangen, Gnade vor Recht walten zu lassen und das Verbrennen der Verurteilten bei lebendigem Leib durch Enthaupten zu ersetzen.

Meister Peinlich, wie der Scharfrichter im Volk genannt wurde, zog aus einer Felltasche einen Lappen und wischte ohne eine Gemütsbewegung das Blut von der Klinge seines Richtschwerts ab. Anschließend schob er es in die Lederscheide zurück. Währenddessen wuchteten seine vier Gehilfen den Korb mit den kopflosen Leichen auf den Henkerskarren. Sie würden die Hingerichteten zum Sanderrasen hinausfahren, wo bereits die Scheiterhaufen für ihre Verbrennung aufgeschichtet waren.

Der Scharfrichter nahm seine Kapuze ab, die lediglich mit zwei Schlitzen für die Augen versehen war. Diese Haube diente keineswegs dem Zweck, seine Identität zu verbergen. Das wäre auch gar nicht möglich gewesen; jeder in der Stadt kannte den hochgewachsenen kräftigen Mann, der hier als Vollstrecker der Urteile fungierte, die die Richter des Brückengerichts sprachen. Mit dieser Vermummung wollte sich der abergläubige Mann, an dessen Händen das Blut so vieler Menschen klebte, vor dem bösen Blick der armen Seelen schützen, denen er das Leben nehmen musste. Die Bürger der Stadt begegneten ihm mit großer Scheu. Die Gesellschaft brauchte ihn und seine Standeskollegen zwar, betrachtete die Henker jedoch als unrein und unehrenhaft. Aus diesem Grund lag seine Behausung auch fern des Stadtkerns an einem abgelegenen Teil der Stadtmauer.

Begegneten die Menschen ihm in den Gassen, wichen sie ihm aus. Ein Wirtshaus durfte er nur betreten, wenn die anderen Gäste keine Einwände erhoben. Selbst dann war es ihm nur gestattet, an einem für ihn bestimmten Tisch in einer Ecke zu sitzen. Sein Getränk wurde ihm in einem nur für ihn bestimmten Krug gereicht, den kein anderer benutzte.

Bartholomäus, wie sein Vorname lautete, verließ das Schafott und begab sich zu seinen Knechten. Sie würden später die Verbrennung durchführen, dazu war seine Gegenwart nicht erforderlich. Er gab ihnen einige Anweisungen, die das Inventar der Häuser der Hingerichteten einfachen Standes betraf. In der Regel fiel ein vorhandenes Vermögen an den Fürstbischof. Bei einfachen Leuten räumten die Stadtbüttel die Wohnungen und behielten Verwertbares. Blieb dann noch etwas übrig, konnte sich der Henker bedienen.

Das Volk hatte sich zwischenzeitlich verlaufen. Seitdem sich die Hexenbrut in der Stadt wie eine Seuche verbreitete, waren Hexenprozesse an der Tagesordnung. Der Fürstbischof war sehr bemüht, die Zauberer und Teufelsverbündeten, die sich gegen Gott vergingen, auszurotten. Meister Bartholomäus war daher ein viel beschäftigter Mann. Während der vorausgehenden Verhöre war er auch verantwortlich für die peinlichen Befragungen der Angeschuldigten, da ein Beschuldigter erst nach der Ablegung eines Geständnisses verurteilt werden durfte. Hierbei hatte der Scharfrichter sorgfältig darauf zu achten, dass er den Verdächtigen nicht zu viele Qualen zumutete, damit sie das Urteil und dessen Vollstreckung noch lebend entgegennehmen konnten.

Das Schwert in der Hand, eilte der Scharfrichter seinem Haus zu. Neben seiner Tätigkeit im Dienste des Rechts war er auch noch als Abdecker tätig. Er hatte verendete Tiere abzuholen, ihnen das Fell abzuziehen und die Kadaver zu verbrennen. Außerdem gehörte es zu seinen Pflichten, in der Nacht, wenn die Bürger schliefen, deren Kloaken und Abtritte zu reinigen. Das erledigten jedoch seine Knechte.

Als Bartolomäus sich seinem Haus näherte, konnte er schon aus der Ferne den Gestank wahrnehmen, der sein Anwesen wie eine bedrohliche Wolke umgab. Hinter dem Haus hingen an Haken ein Rind und zwei Schafe, die er heute noch abhäuten und verwerten musste. Im Gerberviertel der Stadt gab es Handwerker, die ihm die Häute abnehmen würden.

Treff, der massige Hofhund, hob seinen Kopf, als sein Herr das Grundstück betrat. Soweit die Kette es erlaubte, kam er dem Mann schwanzwedelnd entgegen. Dabei verschreckte er einige Hühner, die aufgeregt gackernd davonstoben. Bartholomäus tätschelte kurz den dicken Kopf der Dogge, dann betrat er das düstere Innere seines Hauses. Die Wände waren vom Ruß des Herdfeuers geschwärzt. Seine Frau Waltrud stand wie jeden Abend am Kessel, der über der offenen Feuerstelle hing.

„Setz dich nieder und iss!", sagte sie knapp. „Du bist bestimmt hungrig."

Das blutige Handwerk ihres Mannes war für sie nichts Besonderes. Sie war die Tochter des Scharfrichters von Schweinfurt und von Kindesbeinen an mit diesem Beruf vertraut. Die Nachkommen von Henkern konnten wegen der Unehrenhaftigkeit ihres Amtes nur innerhalb ihres Standes heiraten. Dieser Beruf wurde in der Regel auch vom Vater an den Sohn weitergegeben. Aus diesem Grunde hatten sich in vielen Regionen regelrechte Henkersdynastien entwickelt.

„Ich muss mich zuerst um mein Schwert kümmern", gab Bartholomäus brummig zurück. Bei der Pflege seines Handwerkszeugs war er äußerst gewissenhaft, hing doch von der Schärfe des Schwertes die saubere Ausführung einer Hinrichtung ab.

Er ging in den Hof, wo ein steinerner Wassertrog stand, an dessen Schmalseite eine Handpumpe angebracht war. Mit einer vielfach geübten Bewegung zog er das Schwert aus der Scheide und hielt es mit der Rechten unter den Wasserstrahl. Mit der anderen Hand pumpte er. Obwohl er die Klinge abgewischt hatte, färbte sich das Wasser rot. Sorgfältig reinigte er das Schwert, wobei er es genau auf Scharten untersuchte. Doch die hochwertige Klinge, die der Rat der Stadt vor Jahren bei einem Solinger Waffenschmied hatte herstellen lassen, war unversehrt. Anders als ein Kriegsschwert war dieses Schwert an der Spitze abgerundet und stumpf.

Der Griff des Schwertes war so beschaffen, dass es beidhändig geführt werden konnte. Mit Leder umwickelt, lag es rutschfest und sicher in den Händen. Unter der Parierstange aus Messing befanden sich in der Klinge drei Löcher sowie ein Galgenmotiv und der Spruch: „Wenn ich das Schwert aufheben tu, wünsch ich dem Sünder ewige Ruh".*

Bartholomäus trocknete das Schwert gründlich ab und fettete die Klinge mit einem Stück Fettschwarte dick ein, damit sie keinen Rost ansetzte. Schärfen würde er sie erst wieder vor dem nächsten Einsatz. Als er fertig war, ging er ins Haus zurück und stellte das Richtschwert in einen Wandständer gegenüber dem Eingang, so dass jeder, der sein Haus betrat, dieses Symbol der Gerechtigkeit gut sehen konnte. Anschließend setzte er sich an den Tisch und aß mit großem Appetit den Eintopf, den seine Frau gekocht hatte.

Bartholomäus stammte ursprünglich nicht aus einer Henkersdynastie; er selbst hatte eine begründet. Im Alter von neun Jahren hatten Gesetzlose seine Eltern überfallen und sie und seine beiden Brüder getötet. Bartholomäus war verletzt und bewusstlos liegengeblieben. Die Mörder hatten ihn für tot gehalten. Wenig später war er von Wandermönchen gefunden und mit in das nächstgelegene Zisterzienserkloster genommen worden. Sie hatten ihn gesund gepflegt und ihn in ihre Gemeinschaft aufgenommen. Dort hatte er Schreiben und

*Inschrift eines Richtschwertes im Scharfrichtermuseum Pottenstein, Bayern

Rechnen gelernt und später eine Ausbildung als Schreiner erhalten.

Mit sechzehn Jahren hatte ihn ein neuerlicher Schicksalsschlag getroffen, der sein gesamtes weiteres Leben verändern sollte. Das Kloster war zwischen die Fronten einer Fehde zweier Landesfürsten geraten und ein Raub der Flammen geworden.

Der wieder heimatlos gewordene junge Bartholomäus war nach zwei Wanderjahren, in denen er sich mit Hilfe von Gelegenheitsarbeiten als Schreiner über Wasser gehalten hatte, nach Schweinfurt gekommen und vom dortigen Scharfrichter als Knecht eingestellt worden. Dieser lehrte ihn das Henkershandwerk. Mit achtzehn Jahren hatte Bartholomäus die Meisterprüfung abgelegt, die aus der Durchführung von drei Hinrichtungen bestand. Drei Jahre später hatte der Rat der Stadt Würzburg einen Scharfrichter gesucht. Um dieses Amt hatte er sich beworben. Nachdem Bartholomäus sein Können bei einer Hinrichtung unter Beweis gestellt hatte, durfte er die Stelle antreten.

Man schrieb das Jahr 1618 und Johann Gottfried von Aschhausen war Fürstbischof von Würzburg. Da er mit großem Nachdruck das grassierende Hexenunwesen in der Bischofsstadt bekämpfte, hatte Bartholomäus reichlich zu tun und war dadurch schnell zu bescheidenem Wohlstand gekommen. Jede peinliche Befragung und jede Hinrichtung wurde honoriert. Seine finanzielle Situation hatte es ihm ermöglicht, um die Hand von Waltrud anzuhalten, die er während seiner Lehre kennengelernt hatte. Sie heirateten und ein knappes Jahr später war sein erster Sohn geboren worden.

⋆

Die Knechte kehrten am späten Nachmittag vom Sanderrasen zurück und meldeten die ordnungsgemäße Verbrennung der Hingerichteten. Als es im Hof so dämmerig wurde, dass sie nicht mehr arbeiten konnten, trafen sie sich in der Küche. Dort nahmen sie gemeinsam bei Kerzenschein das Abendessen ein. Danach zogen sich die Knechte in den Anbau neben dem Pferdestall zurück. In abgetrennten Verschlägen lagen ihre Schlafstellen. Sie arbeiteten gerne für Bartholomäus, denn er zahlte nicht schlecht und war ein verträglicher Meister.

Waltrud wusch im Kessel das Geschirr ab, dann legte sie sich in der gemeinsamen Schlafkammer zur Ruhe. Bartholomäus stellte den Kerzenleuchter auf den Tisch, ging zu einer Truhe und holte einen kleinen Stapel Blätter heraus. Diese waren zwischen zwei Lederdeckel gepresst und wurden mit einem Riemen zusammengehalten. Vorsichtig öffnete er das Bündel und schlug die Stelle auf, wo er zuletzt gelesen hatte. Die dreiundfünfzig Blätter waren mit einer zierlichen Handschrift beschrieben. Bartholomäus hatte diese Aufzeichnungen im Haus einer wegen Hexerei hingerichteten alten Frau gefunden, die eine Kräuterkundige gewesen war und ihr Können angeblich zum Schaden ihrer Nachbarn in den Dienst des Teufels gestellt hatte. Bartholomäus faszinierte die Wirkung der vielen Kräuter, die hier in allen Einzelheiten aufgeschrieben waren, einschließlich der Krankheiten, gegen die sie wirkten, und die erforderlichen Dosen, in denen sie eingesetzt werden konnten. Seine Frau beschäftigte sich auch mit Kräuterkunde, hatte aber niemals dieses Wissen erreicht. Die Rezepte der Alten waren ihr von großem Nutzen.

Er hatte noch keine halbe Seite gelesen, als draußen der Hund anschlug. Tagsüber lag der Rüde an der Kette, in der Nacht lief er allerdings frei im Hof herum. Als der Hund sich gar nicht beruhigen wollte, legte Bartholomäus die Aufzeichnungen in die Truhe zurück, zündete mit Hilfe des Leuchters die Kerze einer Laterne an und trat vor das Haus.

„Wer ist da?", rief er laut, nachdem er den Rüden mit einem scharfen Befehl zum Schweigen gebracht hatte.

„Meister Bartholomäus, wir müssen Ihre Hilfe in Anspruch nehmen", kam eine dünne weibliche Stimme über das Tor. Das Grundstück war mit einem geschlossenen Holzzaun umgeben, so dass er nicht sehen konnte, wer ihn zu so später Stunde aufsuchte.

„Ich komme!", erwiderte der Scharfrichter, packte den Hund am breiten Lederhalsband und legte ihn an die Kette. Dann eilte er zum Tor und öffnete. Im Schein seiner Laterne erkannte er eine Frau, die einen Mann stützte, dessen linke Hand von einem blutdurchtränkten Verband umhüllt war.

„Kommt herein", sagte Bartholomäus und trat zur Seite. Das Knurren des Hundes unterband er mit einem knappen Zuruf.

Es war kein außergewöhnliches Ereignis, dass ihn zu später Stunde, wenn die Dunkelheit die Identität der Menschen verbarg, Kranke aufsuchten, um seine medizinische Hilfe in Anspruch zu nehmen. Hierbei handelte es sich überwiegend um einfache Bürger, die sich einen Arzt nicht leisten konnten. Durch seine Tätigkeit als Scharfrichter und Folterer hatte sich Bartholomäus einige Kenntnisse über die Beschaffenheit des menschlichen Körpers angeeignet, so dass er in der Lage war, kleinere chirurgische Eingriffe vorzunehmen.*

Es war den beiden Besuchern anzusehen, wie unwohl sie sich im Haus des Henkers fühlten. Das Jammern des Mannes verstummte, als er im Lichtschein das Richtschwert erblickte.

„Was ist passiert?", fragte Bartholomäus ruhig.

„Mein Mann arbeitet oben auf der Burg als Steinmetz", erklärte die Frau. Sie war mittleren Alters und ziemlich mager.

* Historisch belegt.

Ihr Gesicht lag im Schatten eines tief hereingezogenen Kopftuchs. „Heute, beim Richten eines großen Steines, ist dieser abgerutscht und hat seinen linken Unterarm getroffen. Er ist völlig durchgebrochen."

„Setzt euch!", sagte Bartholomäus bestimmt und wies auf die Stühle am Tisch. Schnell räumte er die Blätter zur Seite, dann forderte er den Verletzten auf, den gebrochenen Arm auf den Tisch zu legen. Stumm gehorchte er. Langsam löste Bartholomäus den blutigen Verband. Er ging dabei mit einer erstaunlichen Sanftheit vor, die ihm die beiden Besucher gar nicht zugetraut hätten.

Als die Wunde freigelegt war, erkannte er sofort den offenen Bruch. Beide Knochen des Unterarms waren kurz hinter dem Handgelenk abgeknickt. Einer stand spitz aus dem Fleisch. Die Wunde blutete nur noch schwach. Bartholomäus hatte schon häufiger derartige Verletzungen behandelt.

„Wird mein Mann seine Hand verlieren?" Die Stimme der Frau zitterte.

Der Scharfrichter gab keine Antwort. Stattdessen stellte er die Laterne näher, so dass er besser sehen konnte. Vorsichtig tastete er den Bruch ab. Der Verletzte stieß ein gepresstes Stöhnen aus.

„Ich denke, man kann die Hand erhalten. Dazu muss ich aber den Bruch richten, damit die Knochen wieder zusammenwachsen können. Das wird sehr schmerzhaft werden."

„Tut bitte, was Ihr könnt", flehte die Frau. „Wir haben fünf Kinder und mein Mann muss arbeiten, damit wir leben können."

Bartholomäus nickte, dann drehte er sich um, nahm den Leuchter vom Tisch und ging ins Schlafzimmer. Er rüttelte seine schlafende Frau unsanft an der Schulter. „Frau, steh auf, ich brauche deine Hilfe."

Es dauerte einen Moment, ehe Waltrud aus dem Tiefschlaf in die Gegenwart zurückfand.

„Was ist?", fragte sie mit belegter Stimme.

„Du musst mir helfen, einen Bruch zu richten. Der Knochen hat die Haut durchbohrt."

„Ich komme", murmelte sie und schob sich unter der Bettdecke hervor.

„Beeil dich!", erwiderte Bartholomäus. „Wir brauchen den betäubenden Tee aus dem Kräuterbuch und deine Wundsalbe."

Waltrud wusste, was er meinte. Schon seit Jahren hatte sie sich mit der Herstellung schmerzlindernder und heilender Salben beschäftigt, die ihr Mann in den Fällen einsetzte, in denen er einen Angeklagten zwar körperlich strafen musste, der Betroffene aber an den Folgen nicht sterben sollte. Ihre Kenntnisse hatte sie dank der Aufzeichnungen, die Bartholomäus aus dem Haus der verbrannten Hexe mitgebracht hatte, deutlich erweitern können. Hierzu gehörte auch die Herstellung des Betäubungstees.

Waltrud nickte den beiden Besuchern kurz zu, dann schürte sie das Feuer an. Während die beiden ängstlich und schweigend auf ihren Stühlen saßen und mit großen Augen die Vorbereitungen verfolgten, ergriff sie einen kleinen Kessel, schöpfte am Brunnen eine geringe Menge Wasser und hängte ihn über die Flammen. Aus einem Regal nahm sie den Topf mit der Heilsalbe und stellte ihn bereit. Währenddessen richtete ihr Mann ein kleines scharfes Messer, Binden und Stöcke her, um den Bruch nach dem Richten schienen zu können.

Sobald das Wasser kochte, hob Waltrud den Kessel vom Feuer, stellte ihn auf einen Stein und gab die abgemessene Menge eines Pulvers und verschiedene Kräuter ins Wasser. Dieser Trunk nach dem Rezept der Hexe war eine Mischung aus getrocknetem Maulbeersaft, Mohnextrakt, Bilsenkraut und Schierling. Dazu gab sie eine geringe Prise getrockneter Alraunwurzel. Diese Mischung hatte eine betäubende Wirkung und würde dem Patienten den Schmerz der Operation erträglicher machen.

Nach einigen Minuten war das Gebräu zubereitet. Mit Hilfe einer Schöpfkelle tränkte sie ein Tuch mit dem Sud, dann ging sie zu dem Verletzten und hielt es ihm unter die Nase.

„Atme das ein, dann wirst du einschlafen und den Schmerz nicht spüren!"

Zögernd folgte der Mann ihrer Anweisung. Nach einigen Minuten sank sein Kopf zur Seite. Die Dämpfe der Mischung hatten ihre betäubende Wirkung entwickelt. Waltrud gab ihrem Mann ein Zeichen.

„Du, Weib, umfass den Oberkörper deines Mannes, damit er nicht vom Stuhl rutscht, und du, Frau, hältst den verletzten Arm. Es muss jetzt schnell gehen!"

Die beiden Frauen befolgten seine Anweisungen. Bartholomäus hob das kleine Messer und erweiterte mit einem kurzen Schnitt die offene Wunde. Sofort floss das Blut wieder stärker. Dann ergriff er die Hand des Steinmetzes und zog den Bruch mit einer flüssigen Bewegung gerade. Seine Frau hielt dagegen. Trotz der Betäubung stöhnte der Mann laut vor Schmerz, wachte aber nicht auf. Mit dem Daumen drückte Bartholomäus den herausstehenden Knochen in den Arm zurück, wobei er darauf achtete, dass die beiden Teile wieder zueinanderfanden.

Behutsam strich seine Frau jetzt von der blutstillenden Heilsalbe auf die Wunde und umwickelte sie mit einem schmalen Leinenstreifen. Um den Bruch ruhigzustellen, legte der Scharfrichter nun die Schienen an und fixierte sie mit Binden.

„Du musst einmal in der Woche hierherkommen, damit ich den Verband und die Schienen erneuern kann", erklärte Bartholomäus der Frau. „Dein Mann darf zwischenzeitlich mit der Hand nicht arbeiten. Zwei Monate, dann kann er sie wieder benutzen."

Waltrud öffnete ein Fläschchen mit hochkonzentriertem Essig und hielt sie dem Betäubten unter die Nase. Einen Augenblick später begannen seine Augenlider zu flackern. Langsam kam er zu sich.

Nachdem der Mann wieder voll bei Sinnen war, bedankten sich die beiden bei dem Henkerehepaar. Die Frau des Steinmetzes legte zwei Gulden auf den Tisch und sie verließen das Anwesen. Morgen, bei Tage, wenn sie dem Scharfrichter oder seiner Frau in der Stadt über den Weg laufen würden, würden sie die Straßenseite wechseln.

Bartholomäus und seine Frau wuschen sich die Hände am Brunnen, dann legte sich Waltrud wieder ins Bett. Bartholomäus schloss noch die Truhe, dann suchte er ebenfalls das Lager auf. Für morgen hatte der Inquisitor des Fürstbischofs die peinliche Befragung zweier der Hexerei beschuldigter Frauen angeordnet. Diese anstrengende Arbeit verlangte einen ausgeruhten Henker.

✶

Am 16. Juli 1631 starb Philipp Adolf von Ehrenberg auf der Feste Marienberg. Am 7. August wählte das Domkapitel von Würzburg Franz von Hatzfeld als seinen Nachfolger. Am 18. Oktober desselben Jahres fielen die Schweden unter Gustav Adolf in Würzburg ein und eroberten die Festung auf dem Marienberg. Zu diesem Zeitpunkt war der Fürstbischof bereits nach Köln geflüchtet.

Als die Schweden herannahten, flüchteten Würzburger

Bürger, darunter auch der Scharfrichter Bartholomäus mit Familie, auf die als uneinnehmbar geltende Burg. Es war ihm gelungen, auf dem Henkerswagen einen Teil seiner Habe, darunter auch die Truhe mit den Aufzeichnungen der Hexe, in Sicherheit zu bringen.

Die Verteidiger der Festung unternahmen mehrmals Ausfälle gegen die Belagerer. Hierfür nutzten sie Tore, die in den äußeren Befestigungsring eingebaut waren. In den zahlreichen unterirdischen Gängen sammelten sich die Kämpfer und stürzten sich überraschend auf die Belagerer, um sie zurückzudrängen. Alle wehrhaften Männer der Burg beteiligten sich bei diesen Angriffen, auch Bartholomäus. Bei einem dieser Ausfälle geriet er in Gefangenschaft. Ein Denunziant verriet seine Identität an die Schweden. Da man ihm vorwarf, zahlreiche angeblich mit dem Teufel im Bunde stehende Lutheraner hingerichtet zu haben, wurde er vom schwedischen Obristen kurzerhand zum Tode verurteilt. Noch in der gleichen Stunde schlug ihm ein schwedischer Soldat den Kopf ab.

Nachdem die Festung gefallen war, vertrieb man viele Menschen, die dort Zuflucht gefunden hatten, ohne Hab und Gut. Dieses Schicksal erfuhr auch die Familie des Scharfrichters. Ihre Spuren verwehten mit dem Staub der Geschichte.

Die Aufzeichnungen der alten Kräuterhexe landeten auf Umwegen bei einem Mönch, der in der Bibliothek des Fürstbischofs beschäftigt war. Da er sie für aufbewahrenswert befand, stellte er sie in ein Regal zu anderen Kräuterbüchern, wo sie unbeachtet verstaubten.

IM SOMMERLICHEN WÜRZBURG

Hinter Xaver Marschmann schloss sich langsam die automatische Eingangstür zum Bau D8 der Universitätsklinik Würzburg, in dem die Hautklinik untergebracht war. Marschmann atmete befreit die frühsommerliche Brise ein. Seit er hier vor vier Jahren an einem bösartigen Hauttumor operiert worden war, unterzog er sich vierteljährlich einer Nachsorgeuntersuchung. Jedes Mal folgte ein befreites Aufatmen, wenn die Diagnose für ihn, so wie heute wieder, positiv ausgefallen war. Der pensionierte Kriminalbeamte setzte seine Sonnenbrille auf und schlenderte über das Klinikgelände in Richtung seines Autos, das er ein ganzes Stück entfernt geparkt hatte.

Marschmann musste insgeheim grinsen. Die Finger der Ärztin, die ihn untersucht hatte, waren trotz der sommerlichen Temperaturen eiskalt gewesen. Die Gute sollte vielleicht öfter mal zur Anregung ihres Kreislaufs einen Schoppen trinken, dachte er. Er nahm sich vor, ihr bei seinem nächsten Termin einen Bocksbeutel aus seinem Weinkeller mitzubringen.

Auf dem Weg zu seinem Auto kam Marschmann am öffentlichen Klinik-Café vorbei. Er warf einen Blick auf seine Armbanduhr. Es war noch früh am Vormittag, bis zum Stammtisch fast noch zwei Stunden Zeit. Marschmann entschied, sich zur Feier des erfreulichen Untersuchungsergebnisses einen Kaffee und ein Stück Kuchen zu gönnen.

Weil er seit seiner Erkrankung direkte Sonneneinstrahlung möglichst mied, setzte er sich vor dem Café in eine schattige Ecke. Während er auf die Bedienung wartete, schob er seine Sonnenbrille auf die Stirn und studierte die Karte.

Es dauerte einen Augenblick, bis sich die Stimme so in sein Bewusstsein drängte, dass sie seine Kuchenfantasien verdrängte. Der ehemalige Kriminalbeamte stutzte, dann konzentrierte er sich. Diese Stimme! Niemals in seinem Leben würde er diese Stimme vergessen! Aber das konnte doch gar nicht sein! Der Mann, dem seiner Erinnerung nach diese Stimme gehörte, war seit Jahren tot!

Langsam hob er den Blick und spähte über den Rand der Kuchenkarte hinweg. Einige Meter von ihm entfernt erschienen zwei Männer. Der ältere der beiden saß in einem Rollstuhl. Sein geschientes Bein lag auf einer Fußauflage. Der Mann, dessen Stimme Xaver Marschmann so elektrisiert hatte, schob das Gefährt.

Die beiden entschieden sich für einen Tisch ein Stück entfernt. Der Begleiter des Rollstuhlfahrers setzte sich mit dem Rücken zu Marschmann. Marschmann konnte zwar nicht verstehen, worüber sie sich unterhielten, aber die Melodie der Stimme bohrte sich in seine Wahrnehmung und weckte eine höchst unangenehme Erinnerung. Wie es sich anhörte, sprachen die beiden Englisch.

In diesem Augenblick wurde die Terrasse von drei jungen Krankenschwestern aufgesucht, die sich zwischen Marschmann und den beiden Personen, die seine Aufmerksamkeit geweckt hatten, niederließen. Darüber hinaus wurde der Kriminalbeamte von der Bedienung, die ihn nach seinen Wünschen fragte, in seiner Konzentration gestört. Marschmann bestellte eine Tasse Kaffee. Den Kuchen verkniff er sich jetzt, weil er einsatzbereit bleiben wollte, falls die beiden die Terrasse wieder verließen. Als ihm die Bedienung kurz darauf den Kaffee servierte, zahlte er gleich.

Marschmann griff sich vom Nebentisch eine liegengebliebene Zeitung. Ein altes, aber probates Mittel der Tarnung bei der Observierung von Personen. Unbewusst war der pensionierte Kriminalbeamte wieder in die Rolle des Ermittlers geschlüpft.

Knapp zwanzig Minuten später rief der Mann mit der auffälligen Stimme die Bedienung, zahlte, erhob sich und fasste den Rollstuhl bei den Griffen. Marschmann wartete, bis sie die Terrasse verlassen hatten, dann setzte er seine Sonnenbrille auf und folgte ihnen in einiger Entfernung.

An der nächsten Straßenecke blieben die beiden Männer stehen. Marschmann stellte sich in den Eingangsbereich der hier angrenzenden Kinderklinik und tat so, als studierte er einen Aushang. Die beiden Männer wechselten noch einige Worte. Im nächsten Augenblick wandte sich der Mann im Rollstuhl ab und trieb sein Gefährt mit den Händen in Richtung Uni-Zentrum. Der Typ, der Marschmanns Interesse geweckt hatte, blickte kurz hinterher, dann drehte er sich um und marschierte den gleichen Weg wieder zurück. Der ehemalige Polizeibeamte beeilte sich, den Eingangsbereich der Kinderklinik zu betreten, damit er nicht gesehen wurde. Als der Mann vorbei war, verließ Marschmann seine Deckung und folgte ihm. Wie es aussah, hatte der Mann sein Auto auf dem gleichen Parkplatz abgestellt wie er.

Marschmann sollte Recht behalten. Zehn Minuten später beobachtete er, wie der Verfolgte auf dem Parkplatz der Kopfklinik in ein schwarzes Fahrzeug gehobener Klasse stieg, wo er sofort anfing zu telefonieren. Dies gab Marschmann die Möglichkeit, schnell sein Auto zu erreichen, sich hinter das Steuer zu schwingen und den Motor zu starten. Angespannt wartete er darauf, dass der Bursche losfuhr. Tatsächlich schob sich der Wagen im nächsten Moment aus der Parklücke und rollte vom Platz. Marschmann wartete mit der Verfolgung, bis der schwarze Wagen in Richtung Zinklesweg abbog, dann fädelte er sich hinter ihm in den fließenden Verkehr ein. Als er ihm über den Lindleshang in Richtung Versbacher Straße folgte, achtete er sorgfältig darauf, dass sich zwei andere Fahrzeuge zwischen ihm und dem Verfolgten befanden.

Diese Stimme, die bei ihm alle Alarmglocken hatte schrillen lassen, war eine Stimme aus seiner Vergangenheit. Ereignisse tauchten schlagartig wieder aus seiner Erinnerung auf. Zwanzig Jahre oder mehr waren seitdem vergangen. Die Stimme hatte einem Drogenboss gehört, in dessen Organisation das Landeskriminalamt Marschmann unter dem Decknamen Werner Grossmann als verdeckten Ermittler eingeschleust hatte.

Ercan Yülan, genannt „der Lächler", hatte damals in Hessen und dem angrenzenden Bayern ein weit verzweigtes, bestens organisiertes Händlernetz für harte Drogen aufgebaut. Yülan war intelligent, skrupellos und für die Ermittlungsbehörden glitschig wie ein Aal. Obwohl die Landeskriminalämter beider Bundesländer hinter ihm her gewesen waren, war es den Polizeibehörden lange Zeit nicht gelungen, dem Lächler eine Straftat nachzuweisen. Jahrelang hatten die Ermittler nicht einmal gewusst, wie Yülan aussah. Die Mitglieder seiner Organisation, kleinere Dealer, die hin und wieder verhaftet worden waren, gaben vor, ihn nicht zu kennen, oder waren nicht bereit gewesen, gegen ihren Boss auszusagen. Es ging das Gerücht, Yülan würde jeden, den er des Verrats verdächtigte, gnadenlos beseitigen lassen. Er hatte den Ruf,

Exekutionen von Verrätern persönlich beizuwohnen. Das Letzte, was die Opfer angeblich vor ihrem Tod sahen, war sein Lächeln.

Deshalb hatten die Ermittlungsbehörden ein unverbrauchtes Gesicht benötigt, einen unbekannten Beamten, der noch niemals gegen Yülans Organisation eingesetzt worden war. Xaver Marschmann, der in dieser Zeit in der oberbayerischen Drogenszene ermittelt hatte, war dem LKA geeignet erschienen. Marschmann war unverheiratet und ungebunden. Er verfügte über die Unabhängigkeit, die erforderlich war, um für unbestimmte Zeit das gefährliche Leben als Undercoveragent in der Drogenszene zu führen.

Marschmann war mit seinem Einsatz einverstanden gewesen. Er bekam eine passende Legende und einen entsprechenden Lebenslauf geschneidert, der ihn in der Szene vertrauenswürdig erscheinen ließ. Nach dieser Vita hatte er gerade eine vierjährige Freiheitsstrafe wegen Drogenhandels abgesessen und befand sich auf Bewährung auf freiem Fuß. Da das LKA den Verdacht hatte, dass sich irgendwo in Würzburg ein Drogenlabor befand, zog Marschmann in die Mainmetropole. Sein Bewährungshelfer vermittelte ihm über die Stadtverwaltung auf dem Heuchelhof eine Sozialwohnung. Marschmann suchte nach einem Job, denn er brauchte dringend Geld. Da er laut dieses neuen Lebenslaufs früher einmal gekellnert hatte, bekam er in einer Würzburger Bar einen Job als Barkeeper. Dort entwickelten sich schnell Kontakte zu einschlägigen Kreisen. Immer wieder deutete er bei passender Gelegenheit an, dass er wieder aktiv mitmischen wollte, weil er Geld benötigte. Eines Tages wurde er in der Bar von einem Typen angesprochen, der ihm anbot, kleinere Kurierdienste zu verrichten.

Dem LKA war klar: Marschmann musste, um von der

27

Organisation anerkannt zu werden, kleinere Straftaten begehen.

Zunächst wurde er von seinem Verbindungsmann nur als Drogenkurier in Franken eingesetzt, später auch zwischen Bayern und Hessen. Aus den Gesamtumständen schloss er, dass der Stoff in Unterfranken hergestellt wurde. Der Verdacht, dass Würzburg Produktionsstätte sein könnte, erhärtete sich. Als Marschmann allerdings auch nach drei Monaten noch keinen Schritt weitergekommen war, beschloss die Ermittlungsgruppe im Landeskriminalamt, ihre Strategie zu ändern. Marschmann alias Grossmann musste der Spitze der Organisation irgendwie positiv auffallen, damit er aufsteigen konnte. Beim nächsten Transport von Würzburg nach Frankfurt plante man eine Aktion. Auf dem letzten Parkplatz vor der hessischen Grenze wollte man einen Kontrollpunkt einrichten und eine groß angelegte Drogenrazzia durchführen. Marschmanns Aufgabe sollte es sein, die Kontrolle zu durchbrechen und erfolgreich vor der Polizei zu flüchten. Diese Aktion, so glaubte man im LKA, würde ausreichen, um sich der Spitze der Organisation zu empfehlen.

Doch es kam anders. Als Marschmann an diesem Tag in Würzburg losfahren wollte, glitt im letzten Augenblick ein Mann auf den Beifahrersitz. Marschmann warf ihm einen überraschten Seitenblick zu. Es handelte sich eindeutig um einen Türken.

„Fahr los!", sagte der Unbekannte knapp, während er sich anschnallte. „Ich bin Ercan Yülan und werde dich ein Stück begleiten. Los, Grossmann, gib Gas, ich habe es eilig!" Auffordernd sah er Marschmann an, dabei lächelte er.

Verdammt, das war Yülan, der Boss, persönlich, schoss es Marschmann durch den Kopf. Aber was hatte der Mann für eine Stimme! Marschmann hatte erhebliche Mühe, sich sein

28

Erstaunen über deren extrem hohen Klang nicht anmerken zu lassen. Was seine Stimmbänder erzeugten, war reinstes Falsett! Diese hohen Töne standen im krassen Gegensatz zur Figur des Mannes. Yülan war sicher über einsneunzig groß, kräftig und durchtrainiert. Unter dem linken Ärmel seines teuren Jacketts war eine eindeutige Ausbeulung zu erkennen. Der Typ war bewaffnet!

„Verdammt, Grossmann, jetzt mach schon! Oder hast du ein Problem?" Seine Augen bekamen einen harten Glanz, als er Marschmanns Zögern bemerkte. Das Lächeln blieb dabei jedoch in seinem Gesicht wie eingemeißelt stehen.

Marschmann wusste natürlich, wie Yülan in der Organisation genannt wurde. Er riss sich zusammen, ignorierte die Stimme und das Lächeln und startete den Motor. Viel mehr beschäftigte ihn die Frage, wieso sich der Boss, der sich, wie er wusste, normalerweise immer im Hintergrund hielt, in sein Fahrzeug gesetzt hatte. War etwa seine Tarnung aufgeflogen? Marschmann merkte, wie seine Handflächen feucht wurden. War er jetzt womöglich auf dem Weg zu seiner eigenen Hinrichtung?

Bei Heidingsfeld fuhren sie auf die A 3 und Marschmann alias Grossmann gab Gas. Auf der Fahrt bis Marktheidenfeld sprach Yülan kein Wort. Marschmann hatte den Eindruck, dass er tief in Gedanken versunken war. Die Anspannung des verdeckten Ermittlers stieg fast ins Unerträgliche. Wenn Yülan bei der Kontrolle mit im Auto saß, würde der ganze Plan auffliegen. Marschmanns Schusswaffe war mit Platzpatronen geladen, so dass er schießen konnte, ohne jemanden zu verletzen. Von den kontrollierenden Beamten waren drei bestimmt, die ebenfalls mit Platzpatronen auf den flüchtigen Grossmann schießen sollten. Marschmann war klar, dass Yülan im Ernstfall von seiner scharfen Waffe Gebrauch machen würde. Für die völlig überraschten Kollegen bestand Lebensgefahr! Marschmann musste den Einsatz unbedingt stoppen! Er beschloss, bei der Raststätte Spessart einen kurzen Stopp einzulegen. Ihm war klar, dass sein Boss etwas dagegen haben würde. Die Hohlräume seines Fahrzeugs waren mit Heroin vollgestopft, das für den Frankfurter Markt bestimmt war. Mit so einer brisanten Fracht machte man normalerweise keine Pause.

„Es tut mir leid, Herr Yülan", begann Marschmann wenige Kilometer vor der Raststätte und verzog das Gesicht, „aber ich muss mal dringend zur Toilette."

Der Lächler sah seinen Fahrer mit zusammengekniffenen Augen an. „Was soll der Unsinn? Du kannst mit dem Zeug im Wagen nicht anhalten."

„Ich weiß", gab Marschmann zurück, „aber ich habe gestern Sushi gegessen und ich fürchte, ich habe das Zeug nicht richtig vertragen. Jedenfalls habe ich echte Verdauungsprobleme."

Yülan gab ein Knurren von sich. „Okay, dann fahr den nächsten Parkplatz an. Ich werde hier im Wagen bleiben."

„In ein paar Minuten sind wir an der Raststätte Spessart", erklärte Grossmann erleichtert.

„Keine Raststätte!" Das Fauchen seiner Stimme strafte sein Lächeln Lügen. „Nimm den nächsten Parkplatz, dort gibt es auch eine Toilette."

Marschmann fluchte innerlich. „Hoffentlich halte ich noch so lange durch", stöhnte er mit verkniffener Miene und drückte das Gaspedal weiter durch.

Yülan holte ein Handy aus seinem Jackett. Er wählte eine Nummer und sprach einige Sätze in türkischer Sprache in das Telefon. Danach steckte er das Telefon wieder ein. Marschmann hatte kein Wort verstanden.

Dank der hohen Geschwindigkeit passierten sie zehn Minuten später den Rastplatz Spessart. Um sein dringendes Bedürfnis zu demonstrieren, gab Marschmann hin und wieder ein gepresstes Schnaufen von sich. Es dauerte fast zwanzig Minuten, ehe das erlösende Schild auftauchte, das auf einen Parkplatz in zwei Kilometern Entfernung hinwies. Yülan deutete nur wortlos darauf.

Auf dem Platz, dicht beim WC, stand lediglich eine große Limousine. Etwas entfernt stand ein Camper, dessen Insassen auf einer Bank saßen und aßen. Dahinter parkte ein Geländewagen mit Anhänger. Der Fahrer war nicht zu sehen. Sonst war der Parkplatz leer. Grossmann fuhr bis dicht vor das Toilettenhaus, dann machte er den Motor aus und sprang aus dem Fahrzeug.

„Halt! Dein Handy!", rief Yülan und hielt ihm auffordernd die Hand hin.

„Ich verstehe nicht?", erwiderte Grossmann.

„Reine Vorsichtsmaßnahme", lächelte Yülan.

Marschmann stieß innerlich einen Fluch aus, griff in die Tasche und reichte dem Türken hastig sein Mobiltelefon. Yülan war wirklich extrem misstrauisch. Dann wandte er sich ab und eilte zur Toilette.

Kaum hatte er eine der Kabinen hinter sich verriegelt, als er auch schon ein zweites Handy aus der Tasche zog. Das Mobiltelefon, das er dem Drogenboss übergeben hatte, war präpariert. Es befanden sich nur harmlose Kontakte darauf, die jederzeit einer Überprüfung durch die Organisation standhalten würden. Er schrieb hastig eine kurze SMS, mit der er den Einsatz abblies, und sandte sie an eine Kontaktnummer, die nur er kannte und die nur ihm zur Verfügung stand. Er steckte das Telefon wieder ein. Einer inneren Eingebung folgend, zog er seine Pistole aus dem Schulterholster. Es

31

handelte sich hierbei natürlich nicht um eine Dienstwaffe, sondern um eine unregistrierte Beretta, Kaliber 9 mm Parabellum, vom Frankfurter Schwarzmarkt. Die Spezialisten vom LKA hatten sie ihm aus dem hauseigenen Waffenarsenal besorgt. Er entfernte das Magazin mit den Platzpatronen und führte das Reservemagazin mit der scharfen Munition ein. Gerade als das Magazin im Griffstück einrastete, hörte er Schritte. Dem Klang nach handelte es sich um mehrere Personen.

„Hey, Grossmann, komm raus!", hörte er da auch schon die tiefe Stimme eines Mannes. Die Stimme kannte er nicht. Er hörte, wie die Türen neben ihm der Reihe nach ruckartig geöffnet wurden. Hart knallten die Türgriffe gegen die dünnen Seitenwände der Kabinen. Wie es aussah, hatte Yülan unterwegs Verstärkung angefordert, nachdem klar war, welchen Parkplatz sie ansteuern würden. Damit stand für Marschmann aber auch fest, dass er aufgeflogen war. Jetzt ging es für ihn nur noch darum, seine Haut zu retten. Sein Blick irrte in der engen Kabine umher. Das war eine schier ausweglose Situation!

„Schieb deine Knarre unter der Tür durch und komm heraus!", forderte der Mann erneut. „Ansonsten werden wir durch die Tür schießen! Ich zähle bis drei …"

Marschmann zweifelte keine Sekunde an der Ernsthaftigkeit dieser Drohung. Während der Typ zu zählen begann, stieg Marschmann blitzschnell auf die Kloschüssel. Vom oberen Rand der Kabine bis zur Decke waren es ungefähr 25 Zentimeter Luft – das musste reichen. Marschmann schob seine Waffe in den Hosenbund, dann stellte er sich mit dem Rücken gegen die eine Seitenwand, griff nach oben, hielt sich am oberen Kabinenrand fest, drückte seinen Rücken gegen die Wand und marschierte mit den Sohlen seiner Turnschuhe an der gegenüberliegenden Wand empor, so dass er Sekunden

später knapp unter der Decke zwischen den beiden Kabinen-
wänden eingeklemmt war. Er zog seine Waffe. Gerade rechtzeitig, denn der Typ vor der Tür war bei drei angekommen.

„Du hast es nicht anders gewollt!", schrie er, gleichzeitig
wurde der Raum der Autobahntoilette von den ohrenbetäu-
benden Explosionen mehrerer Schüsse erfüllt. Die Projektile
schlugen scheppernd in die Metallarmaturen der Toilette ein.
Eine Sekunde später wurde die Tür von Grossmanns Kabine
eingetreten und zwei Männer in sprungbereiter Haltung
starrten verblüfft mit vorgehaltenen Pistolen in die scheinbar
leere Kabine.

Marschmann verlor keine Zeit. Ehe Yülans Männer
kapierten, was Sache war, gab der verdeckte Ermittler von
oben zwei gezielte Schüsse auf sie ab. In beiden Fällen traf er
die Schulter der Männer. Ihre Hände fielen kraftlos nach
unten. Das Schmerzgebrüll der beiden hallte von den Toilet-
tenwänden wider. Die Wucht der Einschläge schleuderte sie
gegen die Toilettenwand, an der sie langsam in eine sitzende
Haltung rutschten. Ehe sich die Männer von ihrem Schock
erholen konnten, löste sich Marschmann aus seiner ein-
geklemmten Haltung und stieg herunter. Dabei ließ er die
beiden keine Sekunde aus den Augen.

„Waffen wegschieben!", fauchte der verdeckte Ermittler sie
an. Sein Herz raste wie verrückt. Das Adrenalin pochte in
seinen Adern. Als die beiden nicht reagierten, sondern ihn
nur hasserfüllt anstarrten, hob er seine Pistole.

„Die nächsten Schüsse gehen in die Knie!"

Einer der Typen, der dem Eingang am entferntesten saß,
schleuderte seine Schusswaffe ein Stück von sich. Als Marschmann den anderen Mann mit einer auffordernden Bewegung
seines Pistolenlaufes ermahnte, dem Beispiel seines Kumpels
zu folgen, bemerkte er aus den Augenwinkeln eine Bewegung

im Türrahmen des Eingangs. Es war nur ein Schatten, aber Marschmann ließ sich auf ein Knie fallen, drückte sich gegen eine Kabinenwand und richtete seine Waffe auf den Eingang – in letzter Sekunde, denn Yülan hechtete an der Tür vorbei, wobei er dreimal in den Raum feuerte. Marschmann gab in das Pistolenfeuer hinein zwei Schüsse ab, dann sprang er auf. Schnell suchte er Deckung an der Wand neben dem Eingang. Mit gehetztem Blick musterte er die beiden Kerle am Boden. Der in der Nähe der Tür war offenbar durch Yülans Schüsse am Kopf getroffen worden. Blutüberströmt lag er auf der Seite. Die Pistole war ihm aus der Hand geglitten.

Der andere hob zum Zeichen seiner Kapitulation seinen unverletzten Arm. Schnell sprang Marschmann vor, schnappte sich die beiden Pistolen und ging in seine Deckung zurück. Er steckte die Magazine der Pistolen in die Jackentasche und repetierte die im Lauf verbliebene Patrone heraus, dann warf er die beiden Waffen schnell in eine der Toilettenschüsseln. Hastig spähte Marschmann mit schussbereiter Waffe um den Türrahmen herum. Er konnte Yülan nirgendwo entdecken. Mit einem Satz sprang er auf den Rasen vor dem WC-Gebäude und rollte sich ab. Schussbereit kam er auf die Knie. Jetzt konnte er den Drogenboss sehen. Offenbar hatte ihm einer von seinen hingeworfenen Schüssen getroffen. Jedenfalls schleppte sich Yülan mit gebeugtem Oberkörper in Richtung der schwarzen Limousine. Vermutlich war es das Fahrzeug, mit dem die beiden Typen gekommen waren. Als der Drogenboss den Wagen erreichte, zerrte er heftig an der Tür. Das Auto war verschlossen.

„Stehen bleiben! Polizei!", gab sich Marschmann jetzt zu erkennen. „Waffe weg!" Er warf einen Blick hinüber zu den anderen Fahrzeugen. Die Insassen waren nicht zu sehen. Offenbar hatten sie Reißaus genommen.

Yülan drehte sich um und gab einen ungezielten Schuss in Marschmanns Richtung ab. Dabei konnte Marschmann sehen, dass sein Jackett im Bereich der Brust blutdurchtränkt war. Yülan drehte sich um und hastete nun auf den Wagen zu, mit dem er und Marschmann gekommen waren. Der Ermittler wusste, dass dieser nicht abgeschlossen war. Er erwog einen Schuss auf einen der Reifen, um den Mann zu stoppen. In diesem Augenblick sah der Polizist, wie das Wohnmobil mit aufheulendem Motor seinen Standplatz verließ und der Fahrer mit Vollgas in Richtung Autobahn raste.

Marschmann ließ seine Waffe sinken. Er fuhr genau in seine Schussbahn. Die Gefahr, unbeteiligte Menschen zu gefährden, war zu groß.

Yülan nutzte den Moment, schob sich hinter das Steuer des Kurierfahrzeugs und gab Gas.

„Verdammte Scheiße!", fluchte Marschmann und steckte die Waffe in den Gürtel. Dabei bemerkte er an seinem linken Arm ein unangenehmes Brennen. Sein Ärmel war blutig, er war getroffen worden! Da sein Arm noch voll funktionierte, konnte die Verletzung nicht so schlimm sein. Er tippte auf einen Streifschuss.

Marschmann zog sein Handy heraus und wählte die Geheimnummer. Hastig schilderte er die Situation und bat um Verstärkung sowie einen Notarzt.

Zwanzig Minuten verstrichen, dann landeten die ersten Einsatzkräfte mit einem Hubschrauber auf dem Parkplatz. Zwei kurz darauf mit Mannschaftsbussen eintreffende SEK-Kommandos sperrten den Parkplatz ab. Der Notarzt und ein Rettungsfahrzeug trafen wenig später ein. Der Mann, den Yülan getroffen hatte, war bereits seinen Kopfverletzungen erlegen. Der andere wurde ärztlich versorgt und dann festgenommen. Während Marschmann sich vom Notarzt den

Streifschuss verbinden ließ, berichtete er der Einsatzleitung den Ablauf des Geschehens. Dann eilte er zum Hubschrauber, der aufstieg, um Yülans Verfolgung aufzunehmen. Die Fahndung am Boden wurde ebenfalls aus der Luft koordiniert.

Wenig später entdeckten sie vom Helikopter aus den verfolgten Wagen abseits der Autobahn am Rande eines Dorfes. Ein Blick in die Karte sagte ihnen, dass es sich um Rettersheim im Landkreis Main-Spessart handelte. Das Fahrzeug war verlassen, von Yülan keine Spur. Die Einsatzleitung koordinierte die Suche am Boden und beorderte Einsatzkräfte nach Rettersheim. Das Kommando wurde an die Bodenkräfte übergeben. Die Einsatzleitung flog nach Würzburg zurück, wo sich Marschmann einer Untersuchung im Krankenhaus unterzog. Nach einer Auffrischung seines Tetanusschutzes konnte er endlich nach Hause und sich ausruhen.

Yülan wurde, wie später im Polizeibericht nachzulesen war, noch am selben Tag in der Scheune der Gastwirtschaft *Zum Stern* in Rettersheim tot aufgefunden und, wie man ihm sagte, ins Institut für Rechtsmedizin der Uni Würzburg gebracht.

✶

Xaver Marschmann beobachtete, dass der Mann, nachdem er ein Stück auf dem Stadtring gefahren war, in die Rottendorfer Straße stadteinwärts abbog. Zügig fuhr er durch die Theaterstraße und kam schließlich über Textor- und Bahnhofstraße zum Röntgenring, den er Richtung Friedensbrücke befuhr. Für einen Moment hatte der Verfolger den Eindruck, als würde der Mann während der Fahrt telefonieren. Kurz vor der Brücke bog er in die Pleichertorstraße ab. Marschmann runzelte die Stirn. Bei Dunkelgelb rutschte er gerade noch über die Kreuzung und konnte daher sehen, dass das Fahrzeug tatsächlich in der Tiefgarage des Congress-Centrums verschwand. Marschmann rollte langsam an der Einfahrt der Tiefgarage vorbei. So wie es aussah, war der Mann im *Maritim*-Hotel abgestiegen.

Xaver Marschmann wischte sich über die Stirn. Die Vergangenheit stand vor seinem geistigen Auge, als wäre alles erst gestern passiert. Konnte es sein, dass dieser Typ die gleiche Stimmlage hatte wie der Lächler? Eine Stimme, die so unverwechselbar war, dass es schon ein gewaltiger Zufall gewesen wäre, einem Menschen zu begegnen, dessen Stimme genauso klang. Marschmann glaubte nicht an Zufälle.

Seine Vorgesetzten hatten ihm damals erklärt, Yülan wäre an den Folgen der Schussverletzung, die er ihm beigebracht hatte, gestorben. Wie aber konnte der Mann dann hier quietschvergnügt in den Straßen von Würzburg herumlaufen? Gewiss, er hatte ein ganz anderes Gesicht, war auch deutlich korpulenter, aber die Körpergröße kam hin, soweit Marschmann dies aufgrund der kurzen Begegnung beurteilen konnte.

Xaver Marschmann beschloss, der Sache auf den Grund zu gehen. Da waren ihm einige Herrschaften aus der dienstlichen Vergangenheit ein paar Erklärungen schuldig. Im Augenblick konnte er nichts mehr tun. Die nächsten Schritte wollten wohlüberlegt sein. Er gab Gas und fuhr weiter am Mainkai entlang.

Dabei entging seiner Aufmerksamkeit, dass ein anderes Fahrzeug die Tiefgarage unter dem CCW verließ und ihm folgte. Wenig später hatte er einen Parkplatz in der Marktgarage gefunden. Sein Verfolger parkte ein paar Stellplätze entfernt. Von hier aus war es für Marschmann nur ein Katzensprung zum *Maulaffenbäck*. Er war sehr spät dran. Aber es reichte noch, sich auf den Schock hin einen ordentlichen Schoppen zu gönnen.

Auf dem Weg zur Stammweinstube der Schoppenfetzer war er so in seine Gedanken vertieft, dass er kaum auf seine Umgebung achtete und so auch den Mann nicht bemerkte, der ihm in einiger Entfernung folgte, bis in den *Maulaffenbäck* hinein. Der Verfolger nahm zwei Tische weiter Platz und bestellte bei der Bedienung eine Weinschorle. Dann lehnte er sich zurück und versuchte möglichst viel von dem Gespräch am Stammtisch mitzubekommen.

Andy Farmer, der zweite Bürgermeister von Würzburg, schlug gegen zehn Uhr mit seinem Kugelschreiber gegen das gefüllte Sektglas, das vor ihm stand. Der melodische Klang veranlasste die kleine Gruppe der im altehrwürdigen Trausaal des Würzburger Standesamtes anwesenden Personen ihre Gespräche einzustellen. Heute waren keine Trauungen angesetzt, so dass man den Raum für eine kleine, aber besondere Feierstunde zweckentfremdet hatte. Das Stadtoberhaupt erhob sich von dem Sitz, auf dem normalerweise der Standesbeamte seinen Platz hatte. Mit wohlwollender Miene sah er in die Gesichter der Menschen, die sich auf die Stühle im Saal verteilt hatten. Dann blieb sein Blick an der Frau haften, die ihm gegenüber auf dem Stuhl saß, der üblicherweise für die heiratswillige Braut vorgesehen war.

„Liebe Frau Stark, ich weiß, dass Sie große Worte in Hinblick auf Ihre Person nicht mögen, aber das heutige Ereignis ist Anlass genug, sich einmal nicht nach Ihren Wünschen zu richten. Das müssen Sie heute einfach mal ertragen." Er lächelte ihr freundlich zu. Die Angesprochene lächelte zurück, allerdings wirkte ihr Gesichtsausdruck eher angespannt und nervös.

„Fünfundzwanzig Jahre im Dienste der Stadt Würzburg ist eine Zeitspanne, die sich sehen lassen kann. Fünfundzwanzig

Jahre im Dienste der Ordnung und Reinlichkeit dieses Hauses, davon sechzehn Jahre auf der Chefetage. Ein ausgesprochener Vertrauensjob, wie wir alle wissen. Es kommt ja immer wieder mal vor, dass wichtige Projekte und Planungen nach monatelanger Diskussion im Stadtrat und in den Gremien schließlich im Papierkorb landen. Dort waren sie bei Ihnen immer sicher aufgehoben. Niemals hat es eine Indiskretion Ihrerseits gegeben, wofür wir Ihnen äußerst dankbar sind.

Liebe Frau Stark, Sie wirkten immer bescheiden im Hintergrund, waren stets freundlich und hilfsbereit. Dabei sind Ihre pädagogischen Fähigkeiten besonders hervorzuheben, denn es war sicher nicht immer einfach, dem einen oder anderen Schlamper unter uns Regierenden ein wenig Ordnung beizubringen. Ich nehme mich davon nicht aus!"

Elvira Stark quittierte diese Äußerung mit einem deutlichen Nicken. Aus der Runde der Gäste kam vernehmliches Gelächter. Zu Ehren von Elviras Jubiläum waren neben dem Bürgermeister sämtliche Reinemachefrauen des Rathauses, der Vorsitzende des Personalrats und der Personalchef vertreten. Außerdem waren auch einige Stadträte zur Feierstunde gekommen. Drohte hier doch nicht der Zwang, sich im Rahmen einer Abstimmung entscheiden zu müssen. Nein, man konnte guten Gewissens ein bis fünf Gläschen Wein trinken, ohne sich über irgendetwas Gedanken machen zu müssen. Auf Wunsch der Jubilarin waren auch Erich Rottmann und Öchsle eingeladen worden. Öchsle hatte hierfür eine Sondergenehmigung des Bürgermeisters erhalten, da im Rathaus normalerweise keine Hunde zugelassen waren.

„Fünfundzwanzig Jahre sind eine lange Zeitspanne, in der Sie einige Bürgermeister und zahlreiche Stadträte haben kommen und gehen sehen", fuhr Bürgermeister Farmer fort. „Für jeden hatten und haben Sie den einen oder anderen wertvollen Ratschlag oder eine Entscheidungshilfe parat gehabt."

„Hätte nur der eine oder andere darauf gehört", flüsterte Stadtrat Nabenschlager seinem Stadtratskollegen Zünder zu, der neben ihm saß. Der wiegte nur vieldeutig sein Haupt.

Erich Rottmann sah verstohlen auf seine Armbanduhr. Wenn Andy Farmer so weiterquasselte, kam er bestimmt nicht mehr zum morgendlichen Stammtisch. Außerdem fühlte er sich an diesem Ort ausgesprochen unwohl. Er hatte das Gefühl, dass die Wände, die Stühle, ja selbst die wenigen Grünpflanzen im Trausaal eine Aura von Gefangenschaft und Ausweglosigkeit ausstrahlten. Der Exkommissar und überzeugte Junggeselle hatte regelrecht klaustrophobische Beklemmungen. Auf seiner Stirn standen kleine Schweißperlen. Schon mehrmals hatte er sich mit einem Blick nach hinten davon überzeugt, dass der Ausgang nicht verstellt war. Für alle Fälle! Sensibel, wie Öchsle war, bemerkte er als Einziger die Belastung, die sein Mensch empfand, und leckte ihm zart über die Hand.

In diesem Augenblick griff der Bürgermeister nach einem Aktenumschlag, auf dem das Stadtwappen erhaben eingeprägt war, und schlug ihn auf.

„Liebe Frau Stark, wegen Ihrer Verdienste um die Stadt Würzburg und für die in fünfundzwanzig Jahren geleistete Arbeit verleiht die Stadt Würzburg Ihnen diese Ehrenurkunde." Er entnahm dem Umschlag ein bedrucktes Blatt, das aus edlem, handgeschöpftem Papier bestand, und hielt es in die Höhe, damit es die Anwesenden sehen konnten. Die Zahl 25 war groß in der Mitte abgebildet.

„Selbstverständlich bleibt es nicht nur bei dieser Urkunde. Darüber hinaus erhalten Sie einen freien Tag und eine Prämie von 500 Euro, die Ihnen mit dem nächsten Lohn ausgezahlt wird.

Frau Stark, herzlichen Glückwunsch, weiterhin viel Spaß bei Ihrer Arbeit und bleiben Sie uns Regierenden mit Rat und Tat erhalten."

Andy Farmer kam hinter dem Schreibtisch des Standesbeamten hervor. Eine Mitarbeiterin reichte ihm einen bunten Blumenstrauß. Mit Urkunde und Blumen trat er vor Elvira Stark, die sich ebenfalls erhoben hatte. Bürgermeister Farmer schüttelte der Jubilarin die Hand, reichte ihr die Urkunde und übergab ihr die Blumen. Währenddessen war der Vorsitzende des Personalrats nach vorne getreten. Er wartete einen Augenblick, bis Andy Farmer fertig war und sich wieder gesetzt hatte.

„Liebe Elvira, wir kennen uns schon lange, deshalb darf ich dich hier duzen. Herr Bürgermeister Farmer hat deine Verdienste ja schon ausführlich gewürdigt. Ich darf mich seinen Ausführungen, auch im Namen der Belegschaft, aus vollem Herzen anschließen. Aber auch der Personalrat möchte es nicht nur bei lobenden Worten belassen. Das Personal der Stadt Würzburg hat gesammelt und es ist ein erfreuliches Sümmchen zusammengekommen. Wir haben etwas in deinem Umfeld recherchiert und dabei herausgefunden, dass du vor einiger Zeit ein Wochenendhäuschen in Bad Staffelstein geerbt hast. Wir haben uns deshalb gedacht, wenn du schon in einem Heilbad ein Haus besitzt, solltest du auch die erholsame Wirkung der dortigen Heilquellen genießen. Ich darf dir daher einen Gutschein über eine Woche Wellness in der Therme von Bad Staffelstein überreichen. Der Gutschein gilt übrigens für zwei Personen!"

Er sagte dies mit einer zwar nicht auffälligen, aber doch erkennbaren Betonung in der Stimme. Dabei glitt sein Blick wie zufällig zu Erich Rottmann. Dem Personal des Rathauses war es natürlich nicht verborgen geblieben, dass Elvira Stark starke

Neigungen zu einem gewissen pensionierten Würzburger Kriminalkommissar verspürte.

Elvira erhob sich erneut und nahm den Gutschein mit Dank entgegen.

Erich Rottmann fand die Ausführungen des Personalratsvorsitzenden anzüglich und völlig deplatziert. Mit einem karierten Taschentuch wischte er sich nervös den Schweiß von der Stirn. Bei einem neuerlichen Blick auf seine Armbanduhr stellte er fest, dass es für den Stammtisch wirklich knapp werden würde.

Mit leicht verkniffener Miene nahm er zur Kenntnis, dass Elvira einige Schritte nach vorne machte. Offenbar wollte sie zu allem Überfluss nun auch noch eine Rede schwingen. Rottmann war angespannt. Hoffentlich ging sie nicht auf dieses dumme Gerede des Personalratsvorsitzenden ein. Er fuhr sich mit dem Finger unter den Hemdkragen, der in der letzten Viertelstunde deutlich eingegangen war.

Elvira Stark hatte jedoch nicht vor, viele Worte zu machen. „Lieber Herr Bürgermeister, liebe Kollegen und Gäste, ich freue mich, dass Sie sich die Mühe gemacht haben, zu meinem Dienstjubiläum zu erscheinen, und möchte mich für die wohlwollenden Worte sehr herzlich bedanken. Ich persönlich finde ja, fünfundzwanzig Dienstjahre sind nicht so besonders viel. Die Zeit ist wie im Flug vergangen und rückschauend stelle ich fest: Es war mir eigentlich keinen Tag langweilig. Wer kann in diesem Hause schon sagen, Entscheidungen des Stadtrats bereits erahnt zu haben, bevor sie das Gremium selbst kannte?" – Verhaltenes Gelächter bei den Versammelten. – „Herzlichen Dank auch für das großzügige Geschenk, über das ich mich besonders gefreut habe. Nun sind der Worte aber genug gewechselt. Draußen dürfte der von mir bestellte Catering Service mittlerweile das kalte Büfett aufgebaut haben.

Ich würde mich freuen, wenn Sie noch einige Zeit meine Gäste wären. Vielen Dank für Ihre Aufmerksamkeit."

Kurzer, heftiger Applaus, dann Stühlerücken, da jeder gerne der Erste am Büfett sein wollte. Hier hatten die Stadträte natürlich einen leichten Vorteil, da sie derartige kulinarische Veranstaltungen häufiger genießen konnten und über entsprechende „Kampferfahrung" verfügten. Instinktiv schlossen sie sich zu einer Gruppe zusammen, welche die anderen Gäste zufällig so abblockte, dass sie vorne und die anderen irgendwie hinten in der Schlange landeten.

Andy Farmer schickte seine Mitarbeiterin auf die Suche nach dem Pressevertreter, der eigentlich schon längst hätte eingetroffen sein sollen, um ein dem Anlass angemessenes Foto zu schießen. Schließlich sollte ein Artikel über das Jubiläum in die Mainpostille. Aber anscheinend hatte sich der Herr irgendwo im Haus verlaufen.

Erich Rottmann, endlich der Aura des Trausaals entflohen, näherte sich in einem günstigen Augenblick Elvira Stark.

„Elvira, auch von mir herzlichen Glückwunsch zum Dienstjubiläum. Das war ja eine schöne Feier. Leider muss ich mich jetzt verabschieden, weil …"

Die Jubilarin streichelte Öchsle über den Kopf, dabei meinte sie mit einem spitzbübischen Lächeln: „Es hat mich wirklich gefreut, dass du meiner Einladung gefolgt bist. Richte deinen Stammtischbrüdern einen schönen Gruß von mir aus."

„Elvira, ich …"

„Schon gut, Erich. Tschüss." Sie warf ihm schmunzelnd einen Handkuss zu, dann wandte sie sich ab, weil Andy Farmer nach ihr rief. Der Pressemensch schien endlich aufgetrieben worden zu sein.

Während Erich Rottmann die Etage mit dem Trausaal über die breite Treppe verließ, registrierte er beiläufig Sirenengeheul von mehreren Einsatzfahrzeugen, das aus der Domstraße zu kommen schien. Einen Augenblick später verließ er das Rathaus über den Ausgang in Richtung Unterer Markt. Die schwüle Luft des heißen Sommertags empfand er wie einen erfrischenden Luftzug. Die köstliche Brise der Freiheit.

✶

Während Erich Rottmann im Trausaal des Grafeneckarts der Angstschweiß auf der Stirn stand und ihn beängstigende Horrorvisionen quälten, saßen am Mainufer in der Nähe der Mainkuh, im Volksmund Meekuh genannt, neun junge Leute auf dem Rasen im Kreis beisammen. Die Meekuh war ein in der Nähe der Löwenbrücke fest verankertes Restaurantschiff. Die dortige kleine Grünanlage mit mehreren schattenspendenden Bäumen wurde gerne von Studenten genutzt. Die Jungs trugen alle kurze Hosen und hatten wegen der Hitze ihre Oberkörper entblößt. Die Mädchen zeigten ebenfalls viel Haut. Für einen unbedarften Beobachter sah es aus, als hätten sich hier einige vorlesungsmüde Studenten entschlossen, den heißen Tag mit Besserem zu verbringen als mit einer ermüdenden Vorlesung. In der Mitte des Kreises standen ein paar Bocksbeutel, aus denen sich jeder nach Bedarf direkt aus der Flasche bediente. Aus weinkulturellen Gesichtspunkten ein absolutes Unding, was die jungen Leute aber absolut nicht interessierte. Einer der Jungen hielt eine kleine Flasche in der Hand, aus der er gerade einen großen Schluck genommen hatte. Er verzog angewidert das Gesicht und trank schnell aus einem Bocksbeutel nach.

„Ralf, merkst du schon was?", fragte eines der Mädchen, eine kesse Brünette mit Stupsnase und Sommersprossen, die ihren Kopf gegen seine Schulter lehnte.

Der Weintrinker schüttelte den Kopf. „Ich habe euch ja gleich gesagt, dass das mit dem neuen Spezialstoff von Christoph völliger Quatsch ist."

„Wart's doch ab. Es dauert schon einige Zeit, bis es wirkt", erklärte der mit Christoph Angesprochene. „Aber dann ist es absolut geil! Es flasht einen total!"

Ralf zuckte mit den Schultern, dann nahm er einen weiteren Schluck.

„Hey, mach langsam", rief Christoph und griff herüber, um dem Jungen die Flasche abzunehmen. „Das Zeug ist in größeren Mengen ungesund."

Ralf hatte den einen Bocksbeutel mittlerweile gut zur Hälfte geleert. Jetzt machte sich die Wirkung des Alkohols bemerkbar. Sonst spürte er aber keine Wirkung.

„Wahrscheinlich werde ich nur stinkbesoffen", brummte Ralf und setzte den Flaschenhals erneut an den Mund. Lena, das Mädchen an seiner Seite, schob den Bocksbeutel zur Seite und zog seinen Kopf zu sich herüber, um ihn zu küssen.

Die anderen wandten sich im Gespräch nunmehr studentischen Themen zu. Es war purer Zufall, dass sie sich vor einem Jahr zu einer Clique zusammengefunden hatten. Was sie außer dem Studentendasein verband, war ein gewisses Interesse an esoterischen Themen. Außerdem hatten sich aus der Gruppe mittlerweile zwei Pärchen zusammengefunden.

Plötzlich ließ Ralf wortlos den Bocksbeutel aus der Hand gleiten und erhob sich. Die anderen unterbrachen ihr Gespräch und musterten ihn neugierig.

„Was ist los?", fragte Lena. Ralf wandte sich von seiner Freundin ab und wankte in Richtung einer in der Nähe stehenden Parkbank. Unvermutet gab er einen erstickten Laut von sich, dann hielt er sich an der Rückenlehne der Bank fest, beugte sich nach vorne und übergab sich.

Lena erhob sich schnell und eilte zu ihrem Freund. „Ralf, ist dir schlecht?" Die Frage war überflüssig, denn der Junge übergab sich erneut.

Lena warf den anderen einen hilfesuchenden Blick zu.

„Das kann schon mal vorkommen, dass man von dem Zeug kotzen muss, wenn man zu viel davon erwischt hat", erklärte Christoph und machte eine gleichgültige Handbewegung. „Das geht schnell vorüber."

Lena war unschlüssig, was sie machen sollte. Ralf schien sich wieder besser zu fühlen, wirkte aber geistesabwesend. Plötzlich wandte er sich ab und marschierte steifbeinig zum Ende der Grünanlage, wo sein aufgebockter Motorroller stand.

Als Lena klar wurde, was er vorhatte, eilte sie ihm schnell hinterher.

„Du kannst doch in deinem Zustand nicht mit dem Roller fahren!", rief sie und versuchte, den Jungen am Arm festzuhalten. Ralf reagierte überhaupt nicht. Lena hatte den Eindruck, dass er sie gar nicht mehr richtig wahrnahm. Sie rannte hilfesuchend zu ihren Freunden.

„Mensch, wir müssen doch etwas unternehmen! So können wir ihn doch nicht fahren lassen!"

Doch ehe sie reagieren konnten, schwang sich Ralf auf sein Gefährt, gab Gas und brauste in Richtung Alte Mainbrücke davon. Dabei stieß er ein wildes Geheul aus.

Lena sah betroffen hinterher. Sein Helm lag neben ihr im Gras.

„Wir müssen ihn doch irgendwie aufhalten!", rief sie.

„Den hält keiner mehr auf", stellte Christoph fest und ließ sich rückwärts ins Gras fallen. „Es wird ihm schon nichts passieren. Betrunkene und kleine Kinder haben bekanntlich einen Schutzengel."

„Du bist so ein Arsch!", schrie Lena wütend, warf sich ein

T-Shirt über, raffte ihre und Ralfs Sachen zusammen und rannte zu ihrem Fahrrad, das an einem der Bäume lehnte. Rasch warf sie die Utensilien in den Gepäckkorb, schwang sich auf den Sattel und fuhr, so schnell sie konnte, hinter Ralf her.

Ralf hatte das Gefühl zu fliegen. Während er den Roller auf Höchstgeschwindigkeit brachte, stieß er immer wieder unartikulierte Schreie aus, die von den Passanten am Mainkai mit befremdlichen Blicken quittiert wurden. An der Ampel zur Einmündung in die Wirsbergstraße hatte er großes Glück, denn sie schaltete kurz vor seiner Passage auf Grün und er konnte problemlos geradeaus durchsausen. Ohne die Geschwindigkeit wesentlich zu mäßigen, bog er nach der Alten Mainbrücke in die Karmelitenstraße ab. Dort nahm er einem Taxifahrer die Vorfahrt, der einen Zusammenstoß nur durch eine Vollbremsung verhindern konnte. Der Mann quittierte das Verhalten mit einem wütenden Hupen, dann griff er zum Handy und rief die Polizei an. Solchen Verkehrsrowdys musste das Handwerk gelegt werden.

Ralf fuhr mit Vollgas in die Domstraße. Zwischenzeitlich nahm er seine Umgebung nur noch schemenhaft in den unterschiedlichsten Farben wahr. Die Menschen, die ihm fluchtartig den Weg frei machten, waren für ihn verzerrte Gestalten, die in der Luft zu schweben schienen. Er sah bunte Schleier, die zwischen den Häuserwänden schwebten. Dieser Flug war einfach geil! Durch seine gellenden Schreie waren die Menschen auf der Straße gewarnt und suchten rechtzeitig Schutz auf den Gehwegen. Allen war klar, dass hier ein Verrückter unterwegs sein musste.

An der Ecke Domstraße/Schönbornstraße ließ Ralf den Lenker los und breitete seine Arme aus, als wolle er fliegen. Sekunden später knallte sein Roller mit unverminderter Geschwindigkeit gegen die untersten Stufen des Doms. Der Junge wurde im hohen Bogen über den Lenker geschleudert und knallte mit voller Wucht gegen das Portal der Bischofskirche. Die Entsetzensschreie der Passanten, die diesen schrecklichen Unfall beobachten mussten, begleiteten das Ende des jungen Mannes. Mit gebrochenem Schädel blieb er regungslos liegen. Auf seinen Lippen lag der Hauch eines glücklichen Lächelns.

Die Menschen auf dem Domvorplatz waren für Sekunden wie gelähmt. Schließlich rannten einige los, um dem jungen Mann zu helfen, andere riefen bei der Notrufzentrale an. Für Ralf kam aber jegliche Hilfe zu spät.

Während sich die Menschen noch um Ralf bemühten, erklang die Sirene eines Polizeieinsatzfahrzeugs, das die Domstraße heraufgerast kam.

Fast gleichzeitig mit den Beamten erreichte Lena auf dem Fahrrad den Domvorplatz. Die Menschentraube, die sich um das Kirchenportal zusammendrängte, ließ sie Schlimmstes befürchten. Sie warf ihr Fahrrad auf den Boden und drängelte sich rücksichtslos durch die Menge der Gaffer. Einer der Polizeibeamten hielt den Platz vor dem Portal frei, während der andere den Notarzt verständigte. Als sie Ralf regungslos am Boden liegen sah, entfuhr ihr ein entsetzter Schrei. Sie hatte noch nie einen Toten gesehen, aber dass ihr geliebter Freund tot war, erkannte sie sofort.

Der Polizeibeamte hatte Mühe, sie von dem Verunglückten fernzuhalten. Schließlich gab sie auf. Weinend lief sie fort. Während die Menge zurückwich, um dem Notarzt und dem Rettungswagen Platz zu machen, taumelte sie zu ihrem Fahrrad. Sie konnte den Anblick der gebrochenen Augen ihres Freundes nicht länger ertragen. Das Gefühl, an Ralfs Tod schuld zu sein, lastete schwer auf ihrer Seele.

*

Als Erich Rottmann mit Verspätung den traditionsreichen *Maulaffenbäck* im Herzen Würzburgs betrat, ging es dort bereits hoch her. Es war nicht mehr lange bis zur Mittagszeit und trotz der hohen Raumtemperatur waren alle Plätze dicht gedrängt besetzt. Die Lautstärke im Lokal lag im höheren Dezibelbereich. Für Erich Rottmann ein gewohnter Zustand. Einige Bekannte grüßend näherte sich Rottmann dem Tisch fünf, wie er betriebsintern hieß, dem Stammtisch der *Schoppenfetzer*. Öchsle hielt sich dicht hinter seinem Herrchen, da Anni, die Bedienung, mit hochrotem Kopf durch das Lokal eilte, um alle Bestellungen ihrer Gäste aufzunehmen. Für Hundepfoten ein nicht ganz ungefährliches Terrain.

Das Wahrzeichen des Stammtisches, ein großer, bereits seit langem geleerter Fünfliter-Bocksbeutel mit der Aufschrift *Die Schoppenfetzer* stand mitten auf der runden Tischplatte und signalisierte allen Unkundigen, dass hier die Elite unterfränkischer Weingenießer versammelt war. Die Mitglieder der Schoppenbrüderschaft, alles ehemalige Juristen und Kriminalisten, waren fast vollständig versammelt.

Erich Rottmann, der als Gründungsmitglied besonderes Ansehen genoss, wurde freudig begrüßt. Man machte ihm bereitwillig Platz, so dass er sich an seinem gewohnten Platz auf der Bank niederlassen konnte. Öchsle rollte sich wie immer unter dem Gesäßbaldachin seines Menschen zusammen.

„Grüß dich, Erich", rief Ron Schneider von schräg gegenüber. „Ich habe gehört, du hattest heute von Elvira eine Einladung in den Trausaal des Rathauses. Du hättest uns, deinen besten Kumpels, wirklich vorher was sagen können. Wir wären gerne gekommen. Wolltest dich wohl vor dem Junggesellenabschied drücken?" Ron Schneider lachte gackernd und die anderen stimmten ein.

Woher hatten die Burschen nur schon wieder diese Information?, fragte sich Rottmann. Die Tratscherei in Würzburg war noch schlimmer als in einem Kuhdorf im hintersten Winkel des Spessarts! Da half alles nichts. Er musste gute Miene zum bösen Spiel machen, sonst würde diese Frotzelei niemals aufhören.

Trotz der für einen Frühschoppen fortgeschrittenen Stunde hatte sich Rottmann vor dem Eintreten in sein Stammlokal an der Ecke beim Metzger seines Vertrauens eine ordentliche Portion seines Grundnahrungsmittels erstanden, eine dicke Scheibe feinsten Leberkäses. Anni hatte das natürlich sofort gesehen und brachte ihm, wie es im *Maulaffenbäck* üblich ist, Teller und Besteck. Dazu einen kühlen Schoppen Silvaner, der das „kleine Frankengedeck", wie Rottmann es nannte, vervollständigte.

Während er das Alupäckchen öffnete und der Wohlgeruch des heißen Leberkäses sich um ihn verbreitete, meinte er mit einem Grinsen: „Leute, das könnt ihr mir glauben, da friert eher die Hölle zu, als dass ein Erich Rottmann sich eheliche Handschellen anlegen lässt. Ich habe früher in meinem Job oft genug Handschellen verwendet und weiß, dass diese Dinger die Bewegungsfreiheit ziemlich einschränken."

Er nahm einen Schluck vom Silvaner.

„Richtig, Herrschaften, ich war zwar im Trausaal, aber dort wurde Elvira eine Jubiläumsurkunde und keine Heiratspapiere überreicht. Da habt ihr Lästermäuler euch leider zu früh gefreut!"

Rottmann schnitt einen ordentlichen Bissen vom Leberkäs ab und kaute genüsslich. „Sollte ich wirklich in diesem Leben irgendeinmal schwach werden, dann werdet ihr es sicher als Erste erfahren." Damit war die Sache für ihn erledigt und er wechselte das Thema.

„Wo ist eigentlich Xaver?" Sein Blick war auf den leeren Platz von Xaver Marschmann gefallen.

„Keine Ahnung", gab Horst Ritter Auskunft. „Er hat sich nicht abgemeldet."

Selbstverständlich war der Besuch des Frühschoppens und des abendlichen Stammtisches für die Schoppenfetzer völlig freiwillig. Es hatte sich aber eingebürgert, dass man bei einer Verhinderung einem anderen Mitglied kurz Bescheid gab, damit sich die Schoppenbrüder keine Sorgen machten.

Der ehemalige Leitende Oberstaatsanwalt der Staatsanwaltschaft Würzburg und, wie Rottmann, Gründungsmitglied des Stammtisches, hatte kaum ausgesprochen, als die Tür aufging und der Vermisste eintrat. Marschmann wurde mit den üblichen flapsigen Bemerkungen begrüßt und nahm seinen Platz ein. Nachdem er bei Anni mit einem Wink einen Schoppen bestellt hatte, ging er auf die Fragen seiner Stammtischbrüder ein, die wissen wollten, warum er sich so verspätet hatte.

„Ihr wisst doch, wie das mit Arztterminen ist. Gelegentlich muss man länger warten als geplant. Aber jetzt bin ich ja da. Was gibt es denn Neues?"

Die Schoppenfreunde erklärten ihm, dass es eigentlich keine Neuigkeiten gäbe, und wandten sich dann den allgemeinen Gesprächen zu, die sich unter anderem auch um die derzeit hochsommerlichen Temperaturen in Würzburg drehten.

Rottmann, der noch immer mit seinem Leberkäs beschäftigt war, blickte Xaver Marschmann prüfend an. Irgendwie hatte er das Gefühl, dass sein Stammtischbruder heute nicht so locker drauf war wie sonst üblich. Sein gelegentliches Lachen wirkte aufgesetzt. Hoffentlich war das Untersuchungsergebnis nicht negativ für ihn ausgefallen. Rottmann nahm sich vor, dem Schoppenfreund nach dem Stammtisch eine entsprechende Frage zu stellen. Jetzt musste sich Rottmann erst einmal um Öchsle kümmern, der ihn schon mehrmals unter dem Tisch angestupst hatte. Der Rüde forderte zu Recht nachdrücklich seinen Anteil am Leberkäs.

Der zur Decke hin gewölbte Raum besaß keine elektrische Beleuchtung. Zahlreiche Kerzen warfen flackernde Schatten an die Wände, die teils aus massivem Fels und teilweise aus gemauerten Natursteinquadern bestanden. In schmiedeeisernen Halterungen steckten rund um das vielleicht siebzig Quadratmeter große, rechteckige Gewölbe fünf Fackeln und spendeten zusätzliches Licht und ein wenig Wärme. Trotz der auch in der Nacht hochsommerlichen Außentemperaturen war es hier drinnen ausgesprochen kühl.

Es waren neun Mitglieder der *Schwestern und Brüder der Nacht,* die sich hier im Kreis versammelt hatten. Das Treffen war kurzfristig auf Wunsch eines Mitglieds anberaumt worden. Sie saßen auf ausgedienten Matratzen, die die vom festgestampften Erdreich des Bodens ausgehende Kälte abhielten. Die Versammelten trugen schwarze Umhänge, deren Kapuzen die Gesichter der Anwesenden teilweise beschatteten. Auf dem Rückenteil der Mäntel war ein großes Pentagramm aufgenäht. In der Mitte des Kreises stand ein niedriger Holztisch, auf dem ein aus einer Metallplatte herausgesägtes Pentagramm stand, außerdem eine Schale, in der sich eine dunkle Flüssigkeit befand, die im Licht der Fackeln ölig schimmerte.

„Das hätte nicht passieren dürfen, Christoph!" Die Stimme der jungen Frau klang verzweifelt. „Wir sind schuld an Ralfs

Tod, weil wir ihn nicht zurückgehalten haben!" Ihre Stimme hallte von den nackten Wänden wider. „Jetzt ist er nicht mehr da …" Sie brach weinend ab. Eine der Mitschwestern legte ihr tröstend den Arm um die Schulter.

„Schwester Lena, das sehe ich etwas anders. Bruder Ralf hatte selbst Schuld", gab der Angesprochene zurück. „Er war, obwohl ihm bekannt war, dass der Stoff im Übermaß gefährlich ist, leichtsinnig. Der viele Wein, den er dazu getrunken hat, verstärkte die Wirkung erheblich. Ralf wusste, auf was er sich da einlässt. Bruder Ralf hat den ‚Flug' ja nicht zum ersten Mal gemacht."

Lena riss ihre Kapuze mit einer heftigen Bewegung nach hinten. „Wir hätten ihn auf jeden Fall aufhalten müssen! Wir wissen alle, wie leicht man die Kontrolle verlieren kann, wenn man nicht aufpasst. Deshalb haben wir diesen Hexentrank immer nur in der Gemeinschaft konsumiert, damit einer auf den anderen aufpassen kann."

Aus der Runde gab es zustimmendes Gemurmel.

„Stattdessen habt ihr euch über ihn amüsiert. Besonders du, Bruder Christoph. Ich bin von euch zutiefst enttäuscht und sehr, sehr traurig. Ralf ist tot." Sie stockte, um sich zu beruhigen, dann fuhr sie entschlossen fort: „Ich habe deshalb beschlossen, euch zu verlassen!" Sie erhob sich. Dabei ließ sie den Mantel von ihren Schultern gleiten und zu Boden fallen.

Christoph sprang ebenfalls auf und stellte sich ihr in den Weg.

„Du weißt, was wir uns geschworen haben!", stieß er erregt hervor.

„Ja, ich weiß", gab sie hart zurück. „Ihr müsst euch keine Sorgen machen, ich werde euch nicht verraten." Mit diesen Worten drehte sie sich um, griff sich ihre Handtasche und schritt in Richtung Ausgang. Mit Hilfe einer Taschenlampe fand sie den Weg durch den Gang, bis sie schließlich vorsichtig die Tür zur Außenwelt öffnete. Draußen war tiefe Nacht. Sie blieb einen Augenblick lang stehen und starrte hinunter auf die Stadt, deren Lichtermeer nichts Tröstliches für sie hatte. Mit gesenktem Kopf eilte sie über den Weinbergsweg zu ihrem eine Strecke vom Eingang entfernt abgestellten Fahrrad.

Lenas Auftritt führte zu einer heftigen Diskussion der Gruppenmitglieder. Schließlich löste Christoph die Versammlung auf. Als die *Schwestern und Brüder* das Gewölbe verließen, hielt er einen von ihnen am Arm zurück.

„Julian, warte, ich muss noch etwas mit dir besprechen." Als die beiden alleine waren, stellte Christoph verärgert fest: „Lena ist total von der Rolle, weil sie in Ralf verknallt war. Sie ist ein Sicherheitsrisiko. Bestimmt wird es wegen Ralfs Unfall eine polizeiliche Untersuchung geben. Sie ist ja völlig ausgeflippt. Ich bin mir nicht sicher, ob sie gegenüber den Bullen den Mund halten wird."

Julian war Christophs bester Freund, sein Vertrauter und Mitinitiator der *Schwestern und Brüder der Nacht*.

„Was sollen wir machen?", wollte er wissen.

„Behalte sie im Auge. Du bist mit ihr im gleichen Seminar. Wir müssen unter allen Umständen verhindern, dass sie redet. Das würde uns auf unerfreuliche Weise ins Visier der Polizei rücken."

Julian nickte. „Du kannst dich auf mich verlassen."

Ein paar Minuten später lag das Gewölbe wieder in totaler Finsternis. Zurück blieb der Rauchgeruch der gelöschten Fackeln.

Kurz vor dreizehn Uhr löste sich der Stammtisch auf. Die Schoppenfetzer verteilten sich in alle Himmelsrichtungen, da sie alle, wie es das harte Los von Pensionisten ist, wichtige, unaufschiebbare Geschäfte zu erledigen hatten. So musste Ron Schneider noch die aktuelle Mainpostille in der Stadtbücherei lesen, Dr. Horst Ritter hatte unter anderem den Auftrag von seiner Gattin, am Markt Salat zu besorgen. In ein paar Stunden wollten sie ja alle ihre Beschäftigungen erledigt haben, weil dann schon wieder der Stammtisch rief. Der Stress, dem die Herren dadurch tagtäglich ausgesetzt waren, war wirklich nicht zu unterschätzen. Ohne die kräftigenden Schoppen wäre das für sie gesundheitlich niemals durchzuhalten.

Erich Rottmann und Öchsle blieben in der Maulhardgasse stehen. Marschmann wechselte im Gehen noch ein paar Worte mit Anni und war zurückgeblieben. Der Exkommissar hatte sich vorgenommen mit seinem ehemaligen Kollegen zu sprechen, weil er fühlte, dass Marschmann etwas bedrückte. Die Wartezeit nutzte er, um sich in Ruhe seine Bruyère anzuzünden. Rottmann setzte gerade eine Wolke duftenden Rauches frei, als Marschmann hinter ihm erschien.

„Ach, Erich, du bist ja noch da", stellte er fest. „Dann können wir ein Stück zusammen gehen." Die beiden waren eine Strecke gegangen, als Marschmann sagte: „Du, Erich, es könnte sein, dass ich heute Abend nicht zum Stammtisch kommen kann. Sollte das der Fall sein, dann entschuldige mich bitte."

Rottmann nahm die Pfeife aus dem Mund und sah seinen Schoppenfreund mit leicht schräg gelegtem Kopf von der Seite her prüfend an.

„Was ist los, Xaver? Ich werde das Gefühl nicht los, dass dich etwas bedrückt. Du warst heute während des gesamten Stammtisches auffällig zurückhaltend. Ziemlich ungewöhnlich für dich, wenn du mir diese Bemerkung gestattest. Du weißt, ich bin jederzeit für dich da. Hat es vielleicht mit deinem heutigen Arztbesuch zu tun?"

„Mann, Erich, vor dir kann man aber auch wirklich nichts verbergen", gab Marschmann mit einem schiefen Grinsen zurück. „Du hast Recht, aber mit meiner heutigen Untersuchung hat es zum Glück nichts zu tun."

Xaver Marschmann lief einige Zeit wortlos neben seinem Stammtischbruder her. Den Kopf hielt er gesenkt. Rottmann konnte sehen, wie es in ihm arbeitete. Der ehemalige Leiter der Würzburger Mordkommission übte sich in Geduld. Rottmann war ein erfahrener Vernehmungsbeamter, der wusste, dass Schweigen manchmal eher zum Ziel führte als bohrende Fragen.

Am Marienplatz brach Marschmann das Schweigen. „Können wir uns einen Augenblick setzen?" Er wies auf die Bank, die rund um einen Baum in der Nähe des Seiteneingangs der Marienkapelle stand. Hier war angenehmer Schatten. Öchsle ließ sich unter der Bank nieder.

„Erich, ist es dir auch schon passiert, dass dich deine berufliche Vergangenheit eingeholt hat?"

„Ja, durchaus."

„Nun, heute ist mir aus heiterem Himmel das Gleiche passiert." Marschmann ließ diese Aussage einen Augenblick so stehen, dann fuhr er fort: „Als ich heute früh nach meiner Untersuchung in der Hautklinik das Gebäude verließ, wollte ich mir im Café ein Stück Kuchen und einen Kaffee gönnen. Wenn man mitgeteilt bekommt, dass alle Befunde negativ sind und man sich keine Sorgen machen muss, neigt man dazu, sich etwas Gutes zu tun."

Rottmann nickte zustimmend, unterbrach ihn aber nicht.

„Als ich in dem Café saß, hörte ich plötzlich eine Stimme aus der Vergangenheit!"

Rottmann zog verwundert die Augenbrauen in die Höhe. Marschmann merkte, dass er sich missverständlich ausgedrückt hatte, und ergänzte: „Also, nicht dass du denkst, ich hätte irgendwelche Stimmen gehört. So spinnert bin ich dann doch noch nicht. Nein, ich habe ganz konkret von einem Nebentisch die Stimme eines Mannes vernommen, die ich letztmals hörte, als ich in einem Undercovereinsatz gegen eine Drogenorganisation steckte. Der Mann zu der Stimme sah allerdings ganz anders aus als der Mann damals. Aber diese Stimme ist so unverwechselbar, dass es schon ein höchst merkwürdiger Zufall wäre, gäbe es genau diese Stimme ein zweites Mal."

Rottmann stieß einige dicke Rauchwolken aus. „Wir beide wissen aus unserem Berufsleben, dass es nichts gibt, was es nicht gibt."

Xaver Marschmann nickte. „Ist mir klar, aber der Mann damals und der heute hatten absolut die gleiche Stimmlage und Klangmelodie. Reinstes Falsett! Höher geht es für einen gesunden Mann nicht mehr. Ich befand mich damals in einer Situation, in der es um Leben und Tod ging. Da prägen sich die Dinge ein."

Rottmann wartete einen Augenblick, dann fragte er: „Selbst wenn das der Typ von damals war, was ist denn an ihm so Besonderes, dass es dich so beschäftigt?"

Marschmann machte eine Pause, dann atmete er tief durch und erklärte: „Die Stimme beziehungsweise den Mann zu dieser Stimme dürfte es eigentlich gar nicht mehr geben."

Rottmann sah ihn fragend an.

„Ich habe ihn nämlich damals im Einsatz erschossen."

Erich Rottmann zog betroffen die Luft durch die Zähne. „Das ist natürlich etwas anderes."

„Musstest du mal auf einen Menschen schießen?", wollte Marschmann wissen.

Rottmann nickte. „Ein schwieriges Kapitel. Hin und wieder musste ich bei Verhaftungen meine Dienstwaffe ziehen. Zweimal gab es allerdings Situationen, in denen ich dann tatsächlich abdrücken musste. Beide Male in Notwehr. Einmal um einem Kollegen das Leben zu retten, und beim zweiten Mal, um mich selbst zu schützen. Zum Glück wurde dabei niemand getötet. Trotzdem weiß ich, wie beschissen man sich fühlt, wenn man auf einen Menschen geschossen hat."

Marschmann begann – zuerst stockend, dann immer flüssiger – von diesem Undercovereinsatz zu erzählen. Rottmann hörte ihm aufmerksam zu. Während des Berichts verschwand vor den Augen der beiden Expolizisten das Geschehen auf dem Marienplatz. Stattdessen entstand in ihrem Kopf das Bild von dem Kampf in der Toilette auf dem Autobahnparkplatz.

„Als ich am nächsten Tag wieder in meine Dienststelle kam, teilten mir die Kollegen vom LKA mit, Yülan sei an den Folgen seiner schweren Schussverletzung verstorben. Ich musste damals psychologische Hilfe in Anspruch nehmen, weil mich das so mitgenommen hatte. Eine Zeit lang wurde ich dann von Einsätzen als verdeckter Ermittler freigestellt.

Für Ermittlungen in der Drogenszene war ich sowieso verbrannt. Irgendwann ging es dann wieder und man hat mich zur Sitte gesteckt. Kannst du dir vorstellen, wie ich mich gefühlt habe, als ich heute unvermutet diese Stimme hörte?"

„Aber wenn der Kerl doch tot ist …"

„Seit heute Morgen weiß ich nicht mehr, was ich glauben soll. Ich bin ziemlich durcheinander. Diese Stimme ist so einmalig … Erst heute ist mir aufgefallen, dass ich eigentlich gar nicht weiß, ob diese Drogenorganisation letztendlich tatsächlich vom LKA zerschlagen wurde. Nachdem ich aus dem Fall draußen war, habe ich mich gar nicht mehr damit beschäftigt."

„Du meinst, das LKA hat die Todesnachricht nur verbreitet, um …"

„… um alle zu täuschen. Insbesondere, um die Organisation, der Yülan angehörte, zu verwirren. Das ist doch denkbar! Was, wenn sie Yülan umgedreht haben, um mit seiner Hilfe die weit verzweigten Verästelungen dieser Bandenstruktur aufzuklären und zu sprengen?"

„Es gibt ja juristische Möglichkeiten, das Wissen solcher Leute auszunutzen, indem man ihnen gewisse Vergünstigungen verschafft. So wie du das erzählt hast, stand dieser Yülan ziemlich hoch in der Hierarchie dieses Drogennetzwerks."

Marschmann verschränkte die Arme vor der Brust. „Ich sollte damals als Kurier Heroin von Würzburg nach Frankfurt fahren. Es musste hier also ein geeignetes Labor gegeben haben, wo man das Zeug zusammenpantschte, zuerst aus dem Rohopium Morphin und daraus dann das Heroin. Das geht nicht so einfach mit einem Chemiebaukasten. Dazu benötigt man Platz, Geräte, Chemikalien und Leute, die etwas davon verstehen. Ich kann mich nicht erinnern, davon gehört zu haben, dass man hier im Umkreis eine solche Heroinküche ausgehoben hat."

„Wie lange ist das schon her?", wollte Rottmann wissen.

„Zwanzig, vielleicht fünfundzwanzig Jahre."

„Aha. Jetzt sag mir, was sollte es für einen Grund geben, dass ein Drogenboss nach mehr als zwanzig Jahren hierherkommt, um hier was weiß ich zu machen. Lieber Xaver, nimm es mir nicht übel, aber du redest dir da sicher etwas ein."

Ein Seitenblick zeigte Erich Rottmann, dass sein Freund noch immer skeptisch dreinschaute. Er war definitiv nicht von Rottmanns Argumenten überzeugt.

„Ich weiß, es ist blöde", fuhr er schließlich fort, „aber zu meiner Beruhigung würde ich dich gerne um einen Gefallen bitten."

„Wenn ich dir helfen kann …"

„Ich habe den Typen heute früh beschattet, bis er in der Tiefgarage des Congress-Centrums verschwunden ist. Vermutlich ist er im *Maritim* abgestiegen. Könntest du nicht mal dort vorbeischauen und herausfinden, unter welchem Namen der Mann abgestiegen ist? Wie du verstehen wirst, kann ich das nicht selbst machen. Wenn der Kerl gerade in dem Augenblick, in dem ich an der Rezeption stehe, vorbeikommt, wird er mich sicher erkennen. So sehr habe ich mich in den letzten Jahren dann doch nicht verändert."

Erich Rottmann sah seinen Schoppenfreund schräg an. „Was soll dir das nützen? Er wird sicher nicht so dumm sein und sich unter dem Namen Yülan eingetragen haben."

„Das stimmt schon", beharrte Marschmann auf seinem Wunsch, „aber wenn ich den Namen habe, kann ich mal meine alten Kontakte im LKA ansprechen. Es wäre ja denkbar, dass man dem Kerl damals eine neue Identität verschafft hat. Ich will ganz einfach wissen, ob ich diesen Mann seinerzeit tatsächlich getötet habe oder ob man mir all die Jahre etwas vorgemacht hat!"

Erich Rottmann seufzte leise. „Also gut, wenn ich dir damit helfen kann, werde ich mal sehen, was ich machen kann. Ich habe vor Jahren mal einem jungen Burschen aus meiner Nachbarschaft eine Stelle als Koch im *Maritim* verschafft. Den könnte ich mal ‚anzapfen‘, wenn er noch dort arbeitet."

Marschmann atmete erleichtert auf. „Mensch, Erich, das wäre super. Danke, dass du das für mich machst. Wenn du etwas erfahren hast, ruf mich doch bitte gleich auf meinem Handy an."

Rottmann sagte das zu, dann trennten sich die beiden. Marschmann wollte noch seine Bank aufsuchen und Rottmann schlug den Heimweg ein. Die seelische Folter, die er durch die Feier im Trausaal ertragen musste, lastete noch immer auf seinem Gemüt. Dagegen würde ein kleines Mittagsschläfchen gute Dienste leisten. Danach würde er das Marschmann gegebene Versprechen einlösen.

Rottmann stopfte die Bruyère nach, dann marschierte er, dichte Rauchwolken ausstoßend, los. Es gab wieder etwas zu ermitteln.

Die Zürnstraße war eine sehr ruhige Seitenstraße im Würzburger Stadtteil Frauenland, die sich vom Frauenlandplatz südlich zum Stadtring hinzog. Gleich am Anfang der Straße erhob sich das Ferdinandeum, ein Studentenwohnheim, das, verteilt auf mehrere Häuserkomplexe, zahlreichen Studenten eine Unterkunft bot.

Am Haus 1 bekundete eines der Klingelschilder, dass eine Lena Neudammer im fünften Stock des sechsstöckigen Hauses ein Apartment bewohnte. Die BWL-Studentin hatte das Glück gehabt, zu Semesterbeginn im Haus eine eigene Wohnung ergattert zu haben, die zudem über einen eigenen Balkonanteil verfügte. Ein Luxus, den sie sich dank der Unterstützung ihrer Eltern leisten konnte.

Im Augenblick saß sie am Schreibtisch vor dem breiten Panoramafenster und starrte ins Nichts. Vor ihr waren Bücher und Unterlagen ausgebreitet, über das Display des aufgeklappten Laptops huschten die Sterne eines Bildschirmschoners. Lena hatte seit einer halben Stunde keinen Finger mehr gerührt, keine Zeile in den Manuskripten gelesen. Vor einer Stunde war sie aus der Uni-Mensa gekommen. Ohne Appetit hatte sie das meiste Essen wieder zurückgehen lassen. Der Tod von Ralf riss sie in ein tiefes Loch. Für sie stand fest, dass die *Schwestern und Brüder der Nacht* erhebliche Mitschuld am Tod ihres Freundes trugen. Ihre eigene Schuld aber ließ sie fast verzweifeln. Was sollte sie tun? Sie war mit polizeilicher Ermittlungsarbeit nicht vertraut, aber sie war sich sicher, dass man schnell herausfinden würde, dass Ralf bei seiner Horrorfahrt unter dem Einfluss von Alkohol und Drogen gestanden hatte. Was lag für die Polizei näher, als sich in seinem Umfeld umzuhören? Ralf hatte im Haus 2a der Wohnanlage zusammen mit zwei Kommilitonen in einer Wohngemeinschaft gewohnt.

Immer wenn es an ihrer Apartmenttür läutete, zuckte Lena nervös zusammen, weil sie einen Besuch der Polizei vermutete. Sie war mittlerweile fest entschlossen, die Wahrheit zu sagen. Das war sie ihrem Freund schuldig. Es war ein großer Fehler gewesen, sich den *Schwestern und Brüdern der Nacht* anzuschließen. Eigentlich war Ralf der Auslöser gewesen. Im letzten Semester hatte sie sich bei einer Studentenfeier ziemlich heftig in den lustigen Burschen verknallt. Noch in der gleichen Nacht probierten sie in ihrer Wohnung eine spezielle Droge aus. Dann waren sie im Bett gelandet, verbrachten unter Drogeneinfluss eine wilde Nacht und waren am nächsten Tag mit einem heftigen Kater nebeneinander aufgewacht. Ralf hatte ihr gesagt, er könne sie, wenn sie Lust habe, in einen speziellen Kreis einführen, der sich *Schwestern und Brüder der Nacht* nannte. Sie war neugierig und wollte gerne in Ralfs Nähe sein. Julian, einer von Ralfs Mitbewohnern in der WG, gehörte ebenfalls zu dieser Clique. Drogen hatten bisher in ihrem Leben keine große Rolle gespielt. Hier und da ein wenig Gras, mehr war da nicht gewesen. Das änderte sich, als sie zu der Gruppe um Christoph stieß. Diese Mischung aus Hexenriten und Hokuspokus an einem sehr versteckten Ort in den Weinbergen war ihr zwar zuerst etwas suspekt, aber sie war in der Nähe von Ralf und das war für sie die Hauptsache. Die

Rauscherlebnisse infolge der geheimen Droge, die Christoph nach alten Anleitungen und Rezepten zusammenbraute, genoss sie sehr. Unter Einfluss der Droge erlebte sie zusammen mit Ralf unwahrscheinliche sexuelle Empfindungen und rauschhafte Höhenflüge. Dass dieses Glück mit Ralfs schrecklichem Tod ein solch abruptes Ende nahm, brachte sie erbarmungslos auf den Boden der Realität zurück. Das fast gleichgültige Verhalten der anderen *Schwestern und Brüder* war ein weiterer Schock für sie gewesen.

Lena warf dem vor ihr liegenden Handy einen verächtlichen Blick zu. Vor wenigen Minuten hatte Christoph sie angerufen. Ziemlich unverblümt hatte er sie mit bedrohlichem Unterton aufgefordert, über die *Schwestern und Brüder der Nacht* absolutes Stillschweigen zu bewahren. Sonst würde sie der Teufel holen. Lena nahm die Drohung durchaus ernst. Christoph war ein undurchsichtiger, schräger Typ, dem sie einiges zutraute. Ihr Entschluss stand jedoch fest: Sie würde vor der Polizei eine wahrheitsgemäße Aussage machen. Das war der letzte Dienst, den sie Ralf erweisen konnte.

*

Als es an der Tür der WG läutete, kam Julian aus seinem Zimmer und betätigte die Gegensprechanlage.

„Ja bitte?"

„Hier Deichler, Kripo Würzburg", kam es aus dem Lautsprecher. „Wir möchten Sie gerne wegen des Todes Ihres Mitbewohners Ralf Seidel sprechen."

Julian fuhr der Schrecken durch alle Glieder. Jetzt war es also so weit.

„Ja, kommen Sie herein", antwortete er. „Im Parterre links." Dann drückte er den Türöffner. Zum Glück waren seine Mitbewohner unterwegs.

Einen Augenblick später standen zwei Männer vor seiner Tür. Beide zeigten ihre Ausweise.

„Ich bin Kriminalhauptkommissar Deichler von der Mordkommission und dies ist mein Kollege Kriminaloberkommissar Brauner vom Drogendezernat. Dürfen wir einen Augenblick hereinkommen?"

Julian trat einen Schritt zur Seite, so dass die beiden Beamten eintreten konnten. Dabei fragte er verwundert: „Mordkommission und Drogendezernat? Ich dachte, Ralf hatte einen Verkehrsunfall!"

„Ja, da haben Sie grundsätzlich schon recht. Allerdings haben wir erste Hinweise der Rechtsmedizin, wonach der Junge unter Drogen stand. Nähere Untersuchungen stehen noch aus. Da es sich um einen ungeklärten Todesfall mit wahrscheinlicher Drogenberührung handelt, sind beide Abteilungen beteiligt."

„Die erste Tür links, bitte", wies Julian den Weg. „Am besten, wir setzen uns ins Wohnzimmer."

Deichler und Brauner nahmen Platz. Ihre Blicke huschten durch den Raum. Es herrschte eine gewisse Unordnung, die man bei Studenten durchaus erwartete, aber vom Chaos noch ein ganzes Stück entfernt war.

„Sie haben es ja ganz gemütlich hier", meldete sich Brauner zum ersten Mal zu Wort. „Wenn ich da an meine Studentenbude denke ..."

Julian bemühte sich um Gastfreundschaft. „Kann ich Ihnen einen Kaffee anbieten? Es ist zwar nur Pulverkaffee, aber ..."

„Nein, vielen Dank", wehrte Deichler ab, „wir wollen uns nicht lange aufhalten. Zunächst würden wir uns mal gerne das Zimmer des Verstorbenen ansehen. Das ist reine Routine. Das wird mein Kollege machen. Wenn Sie uns bitte sagen, wo das ist ..."

Julian zögerte einen Moment, dann meinte er: „Wenn Sie hier rausgehen, die zweite Tür links. Ich hoffe, das geht in Ordnung, wenn ich Sie so einfach da reinlasse. Mit solchen rechtlichen Sachen kenne ich mich nicht aus."

„Machen Sie sich keine Sorgen", erwiderte Brauner und erhob sich, „das ist das übliche Prozedere in solchen Fällen. Wenn ich fertig bin, werde ich das Zimmer versiegeln. Es hat dann keiner mehr Zutritt. Beachten Sie das bitte."

Julian nickte. Er hoffte nur, dass Ralf nicht so leichtsinnig gewesen war, seinen Stoff offen im Zimmer herumliegen zu lassen.

„Mit wem außer mit Ihnen hatte Herr Seidel noch näheren Kontakt? Hatte er eine Freundin? War er vielleicht in einer Studentenverbindung? Wo lebt seine Familie? Verstehen Sie, ich muss mir ein Bild von Ihrem Mitbewohner machen. Die Art und Weise, wie er ums Leben gekommen ist, ist schon etwas ungewöhnlich."

„Ralf war ein ganz normaler Student. Soweit ich weiß, war er in keiner Verbindung. Bei Feten hier im Haus war er immer dabei. Er hatte hier auch wechselnden Kontakt zu Kommilitoninnen. Mit der einen mal länger, mit anderen kürzer. Aktuell war er mit Lena Neudammer hier im Haus 1 zusammen. Ralf war ein angenehmer Mitbewohner, aber wir waren nicht direkt befreundet. So viel weiß ich daher auch nicht über ihn. Seine Familie lebt in Schweinfurt. Die Adresse weiß ich allerdings nicht."

„Das bekommen wir schon heraus", erklärte Deichler und machte sich eine Notiz. „Danke, das reicht fürs Erste. Wenn Ihnen noch etwas einfällt, dann rufen Sie mich bitte im Dezernat an." Er reichte eine Visitenkarte über den Tisch.

Julian nickte und steckte die Karte ein.

In diesem Augenblick klopfte es an die Tür und Brauner

trat wieder ein. „Ich bin fertig. Das Zimmer habe ich versiegelt. Wir kommen später noch einmal darauf zurück."

In diesem Augenblick klingelte in Deichlers Jackett ein Mobiltelefon. Der Beamte holte das Gerät aus der Tasche und nahm das Gespräch an. Er lauschte einen Moment, dann sagte er: „Okay, ich komme!", und zu seinem Kollegen gewandt: „Wir müssen in die Rechtsmedizin."

Die beiden Beamten verabschiedeten sich. Julian brachte sie zum Ausgang. Er schloss die Wohnungstür und lehnte sich von innen dagegen. Er war sehr aufgewühlt. Die beiden Bullen würden jetzt systematisch Ralfs Leben auf den Kopf stellen. Sicher würden sie in erster Linie Lena befragen. Lena war das große Problem! So wie die drauf war, würde sie auspacken. Das musste unter allen Umständen verhindert werden. Er nahm sein Handy vom Schreibtisch und wählte die Nummer von Christoph. Der hörte Julian ruhig zu, dann verabredeten sie sich auf einen Cappuccino in einer nahe gelegenen Bäckerei mit Stehcafé.

Eine Viertelstunde später traf Christoph am verabredeten Ort ein. Er wohnte in einer Wohnanlage des Studentenwerks auf der Keesburg. Mit dem Rad ein Katzensprung, da es ins Frauenland nur bergab ging. Mit ihren Getränken stellten sie sich an einen der Bistrotische im Außenbereich der Bäckerei. Hier waren sie ungestört.

„Was ist los?", wollte Christoph wissen. „Was haben die Typen von der Kripo gesagt?"

Julian berichtete seinem Freund von dem Besuch der beiden Polizisten. Als er erwähnte, dass sie ihn nach Ralfs Mädchenbekanntschaften gefragt hatten, unterbrach ihn sein Gegenüber.

„Du hast doch hoffentlich nichts von Lena gesagt!"

„Was hätte ich denn tun sollen? Jeder im Haus wusste

doch, dass die beiden zusammen waren. Ich denke aber, dass heute nichts mehr in dieser Richtung geschieht. Während die Typen bei mir waren, erhielten sie einen Anruf und mussten weg."

„Scheiße!", zischte Christoph. „Die kommen auf jeden Fall wieder. Ich habe Lena zwar angerufen und ihr die Hölle heiß gemacht, aber ich bin ziemlich sicher, dass sie trotzdem auspackt. Das müssen wir auf jeden Fall verhindern."

Er senkte seine Stimme, weil eine Gruppe Schüler aus dem gegenüberliegenden Gymnasium die Bäckerei betrat.

„Wenn die Bullen hinter unser Geheimnis kommen, können wir unsere Karrieren vergessen. Das ist Fakt! Mein alter Herr bringt mich um und enterbt mich!"

„Wie wollen wir sichergehen, dass sie den Mund hält?"

„Wir werden uns etwas einfallen lassen müssen, ehe sie uns alle reinreitet", erwiderte Christoph mit hartem Blick.

$\star$

Lena saß auf ihrem Bett mit dem Rücken an die Wand gelehnt und starrte vor sich hin. Im Raum war es dunkel. Die Nacht sickerte durch die Balkontür und das Panoramafenster. Die Augen der jungen Frau brannten von den vielen Tränen, die sie in den letzten Stunden vergossen hatte. Rings um sie herum waren auf der Bettdecke benutzte Papiertaschentücher verteilt. Ralfs Tod wurde ihr immer stärker bewusst und bereitete ihr schlimme seelische Schmerzen. Mehrmals hatte ihr Handy geklingelt, aber sie war nicht rangegangen. Lena bekam ganz einfach das schreckliche Bild von Ralf nicht aus dem Kopf, als er mit verdrehten Gliedern vor dem Domportal auf dem Pflaster lag und ein blutiges Rinnsal aus seinen Ohren lief. Sie schämte sich dafür, nicht hingegangen zu sein, um zu ihrem Freund zu stehen. Stattdessen war sie geflüchtet. War es das erdrückende Gefühl der Schuld, das sie veranlasst hatte so zu handeln? Sie konnte es nicht sagen. Sie hatte auf der ganzen Linie kläglich versagt.

Plötzlich läutete es an ihrer Apartmenttür. Lena schreckte hoch. Sie wollte jetzt niemanden sehen. Es klingelte erneut. Nachdem eine Weile verstrichen war, vernahm sie eine weibliche Stimme an der Tür. „Hallo Lena, ich bin's, Anna, lass mich doch bitte rein."

Lena zögerte. Anna Zollny war ebenfalls Mitglied der *Schwestern und Brüder der Nacht.* Sie wohnte noch bei ihren Eltern in Würzburg. Lena hatte sich mit ihr immer ganz gut verstanden, obwohl sie keine Freundinnen waren. Was wollte sie von ihr?

Lena schnäuzte sich mit einem frischen Taschentuch die Nase, dann ging sie, um die Tür zu öffnen. Das grelle Licht der Flurbeleuchtung blendete sie.

„Hallo, Lena", sagte Anna mit gedämpfter Stimme. Mit einem Blick hatte die junge Frau den Zustand Lenas erkannt. „Wie ich sehe, geht es dir schlecht. Kann ich hereinkommen?"

Lena zögerte eine Sekunde, dann wich sie wortlos zur Seite. Anna trat ein. Sie hatte Mühe, sich in dem dunklen Raum zurechtzufinden.

„Darf ich das Licht anmachen?", fragte sie. „Oder möchtest du lieber im Dunkeln bleiben?"

Immer noch wortlos ging Lena zum Schreibtisch und knipste die Leselampe an.

„Hat dich Christoph geschickt?" Ihre Stimme klang vom Weinen belegt.

„Nein", kam es ohne Zögern von Anna, die sich auf einem Stuhl niederließ. Sie sah die zerknüllten Taschentücher und die verwühlte Bettdecke. Sie konnte sich gut vorstellen, was sich hier abgespielt hatte.

„Ich wollte nur mal nach dir sehen", erklärte sie. „Ich weiß doch, wie sehr du Ralf geliebt hast." Sie zögerte einen Moment, dann sah sie Lena an. „Wenn ich ehrlich bin, mache ich mir auch Sorgen. Wenn die Polizei im Umfeld von Ralf herumschnüffelt, sollten sie besser nicht auf die *Schwestern und Brüder der Nacht* stoßen. Da bekämen wir alle gewaltigen Ärger – auch du. Am Ergebnis würde das nichts ändern. Ralf würde dadurch auch nicht wieder lebendig."

„Und du kommst doch von Christoph!", stieß Lena jetzt zornig hervor.

„Nein! Um das zu erkennen, benötige ich keinen Christoph. Meiner Ansicht nach hat er sich dir gegenüber echt fies benommen. Ich gebe zu, dass auch ich ziemliche Angst habe. Wenn wir auffliegen, bekommen wir richtig Ärger. Darüber hinaus fühle ich aber auch mit dir und kann mir vorstellen, wie verzweifelt und wütend du bist. Zu Recht! Wir hätten eingreifen müssen, als wir gesehen haben, wie Ralf drauf war. Ich schäme mich dafür." Sie zuckte mit den Schultern. Nach einer Pause ergänzte sie: „Vielleicht könntest du der Polizei nicht alles erzählen …"

Lena wischte sich mit der Handfläche über das Gesicht. „Wenn ich nur endlich diese Bilder von dem Unfall aus dem Kopf bekommen würde", klagte sie. Ein heftiges Schluchzen erschütterte ihren Körper.

Anna setzte sich neben sie auf das Bett, nahm sie in den Arm und wiegte sie langsam. Es dauerte einige Zeit, ehe die Tränen versiegten. Plötzlich hob Lena den Kopf und sah Anna zögernd an. Schließlich fragte sie leise: „Hast du zufällig etwas von dem Stoff dabei? Ich selbst habe nichts mehr."

Anna blickte Lena erstaunt an. „Ich denke, du willst von dem Zeug nichts mehr wissen."

„Das stimmt", gab Lena mit zittriger Stimme zurück, „aber

vielleicht kann ich damit für kurze Zeit die schlimmen Bilder aus meinem Kopf verdrängen. Ich drehe sonst noch durch!"

Anna sah sie prüfend an. „Du weißt, der Gemütszustand wirkt sich auf die Intensität der Wirkung aus."

Lena nickte. Daraufhin griff Anna in die Tasche ihrer Jeans und holte ein kleines dunkles Fläschchen heraus. Langsam legte sie es auf die Bettdecke.

„Du versprichst mir, dass du keinen Mist baust?"

„Ja. Vielleicht nehme ich es auch überhaupt nicht."

Anna blieb noch einige Minuten, dann verließ sie die Wohnung.

Es war kurz vor ein Uhr in der Nacht, als die Studentin Theresa Schmitt im Ferdinandeum, Haus 1, noch an ihrem Schreibtisch saß und an einer Seminararbeit schrieb, die sie am nächsten Morgen abgeben musste. Ihre Wohnung lag im vierten Stock Richtung Zeppelinstraße. Sie hatte ihre Balkontür geöffnet und freute sich über den erfrischenden Luftzug, der die Wärme aus ihrem Zimmer vertrieb. Plötzlich hörte sie von draußen einen langen spitzen Schrei, dann einen dumpfen Aufschlag. Erschrocken stand sie auf und lief auf ihren Balkon. Es stockte ihr das Blut in den Adern, als sie unten auf dem Rasenpflaster im Schein der Außenbeleuchtung des Hauses eine verkrümmte menschliche Gestalt liegen sah. Mit zittrigen Fingern wählte sie auf ihrem Smartphone die Notrufnummer.

Wenn Erich Rottmann etwas hasste, dann waren es Hausarbeiten, insbesondere Fensterputzen. Zweimal im Jahr kam er allerdings nicht darum herum, weil sonst der Lichteinfall durch die Scheiben abnahm und man die Raumbeleuchtung früher einschalten musste, was wiederum die Stromrechnung in die Höhe trieb. Er hätte natürlich Elvira um den Gefallen bitten können. Sie hatte ihm schon mehrfach angeboten, ihm bei diversen häuslichen Verrichtungen zur Hand zu gehen. Aber Rottmann hatte immer abgelehnt. Er vertrat die Meinung: Ein Mann sollte sich von einer Frau nicht abhängig machen. Was eine Frau konnte, konnte ein Mann schon lange! Heute putzen sie einem die Fenster und morgen – schwuppdiwupp – stehst du im Trausaal und fort ist die Freiheit. Die Szene der Urkundenverleihung in diesem Saal stand noch deutlich vor seinem geistigen Auge.

Es war früher Vormittag. Der Exkommissar hatte sich vorgenommen, diese unangenehme Arbeit noch vor dem Stammtisch zu erledigen. Drei Fenster hatte Rottmann schon gereinigt. Als er gerade das vierte in Angriff nehmen wollte, läutete es an der Tür. Öchsle war sofort auf den Läufen und sprang winselnd zur Wohnungstür. Rottmann runzelte die Stirn. Wer konnte das wohl sein? Er überlegte eine Sekunde, ob er seine Putzutensilien schnell verschwinden lassen sollte, dann ließ er es aber sein. Vermutlich war es nur der Postbote. Während er den elektrischen Türöffner betätigte, klopfte es von draußen gegen die Tür. Der Besucher stand bereits vor der Tür. Rottmann öffnete.

„Hallo, Elvira!", kam es verwundert über seine Lippen. Tatsächlich war es Elvira Stark, die Rottmann freundlich anlächelte. Öchsle schwänzelte freudig winselnd um ihre Beine.

„Guten Morgen, Erich", grüßte sie, dabei tätschelte sie kurz Öchsles Kopf. „Entschuldige bitte die frühe Störung, aber ich habe ein Anliegen, das ich kurz mit dir persönlich besprechen wollte. Darf ich reinkommen?"

„Aber natürlich!", beeilte sich Rottmann zu versichern und trat zur Seite. Dabei bemerkte er Elviras erstaunten Blick auf die roten Gummihandschuhe, die er zur Hausarbeit trug. „Es ist allerdings nicht aufgeräumt, weil … weil ich gerade die Fenster putze", erklärte er leicht verlegen.

„Aber das macht doch nichts", entgegnete sie, konnte sich dabei aber nur mühsam ein Schmunzeln verkneifen.

Sie ging ins Wohnzimmer. „Das machst du sehr gut", stellte sie fest, während sie die Fenster musterte. „Wenn du fertig bist, kannst du drüben bei mir gleich weitermachen."

Rottmann gab ein nichtssagendes Brummen von sich und bot Elvira einen Platz an. Seine Handschuhe hatte er bereits ausgezogen und auf das Fensterbrett gelegt.

„Wie kann ich dir helfen?"

„Ich wurde gestern am späten Nachmittag von Stadtrat Nabenschlager angesprochen. Er war vor einer Dienstreise nach China noch einmal ins Büro gekommen, um sich ein paar Unterlagen mitzunehmen. Eine Kommission des Stadtrats will sich zwei Wochen lang chinesische Straßenbahnen ansehen, um zu lernen, wie man eine Straßenbahnlinie ins Würzburger Hubland bauen kann. Soweit ich weiß, denken sie auch über einen Fahrrad-Rikscha-Shuttle-Betrieb nach. Ich denke, sie wollen Planer aus dem Reich der Mitte anheuern. Aber ich schweife ab. Nabenschlager hat mich gebeten, dir auszurichten, dass sich auf seine Empfehlung hin eine Familie Neudammer an dich wenden wird. Ihre einzige Tochter ist in den letzten Tagen, offenbar unter höchst mysteriösen Umständen, ums Leben gekommen. Wahrscheinlich möchten sie dich um Aufklärung bitten. Nabenschlager wäre dir sehr dankbar, wenn du dich der Angelegenheit annehmen könntest. Die Familie muss sehr verzweifelt sein."

Erich Rottmann atmete tief durch. Es kam immer wieder mal vor, dass sich Menschen mit derartigen Wünschen an ihn wandten. In der Regel lehnte er ab, schließlich war er kein Privatdetektiv, aber wenn sich sein Freund Nabenschlager für die Leute verwendete, konnte er schlecht nein sagen.

„Wie komme ich mit ihnen in Kontakt?", wollte Rottmann wissen.

„Nabenschlager hat mir die Telefonnummer der Familie gegeben. Vielleicht bist du so nett und rufst sie an. Am besten noch heute." Sie kramte aus ihrer Handtasche einen kleinen Zettel und legte ihn vor Rottmann auf den Tisch.

„Also gut", gab Rottmann zurück und studierte die Mobiltelefonnummer. „Aber erst werde ich die Fenster fertig putzen."

Elvira holte schon Luft, um etwas zu sagen, als ihr der Exkommissar das Wort abschnitt. *„Ich* werde die Fenster putzen!", wiederholte er betont.

Elvira zuckte mit den Schultern. „Wie du willst." Ihr war klar, dass damit die Audienz beendet war. Sie erhob sich, streichelte Öchsle den Kopf und wandte sich zur Tür. „Wäre schön, wenn du mich in der Sache auf dem Laufenden halten könntest."

Rottmann nickte und brachte sie hinaus. Als er ins Zimmer zurückkam, betrachtete er die beiden noch zu reinigenden Fensterflügel. Wenn er es recht betrachtete, waren sie eigentlich gar nicht so schmutzig. Das konnte er später auch noch erledigen. Er räumte die Sachen in die Abstellkammer und griff sich das Telefon. Vor dem Stammtisch blieb ihm noch genügend Zeit, um mit diesen Neudammers Kontakt aufzunehmen. Er wählte die notierte Nummer.

„Rottmann", entgegnete er, als das Gespräch angenommen wurde und sich eine Frau mit „Neudammer" gemeldet hatte.

„Ach, grüß Gott, Herr Rottmann, herzlichen Dank, dass Sie anrufen. Mein Name ist Neudammer, Rosalinde Neudammer. Herr Stadtrat Nabenschlager hat meinem Mann und mir gesagt, dass wir Sie in einer uns sehr belastenden Angelegenheit ansprechen könnten."

„Um was geht es denn?", fragte Erich Rottmann und setzte sich in einen Wohnzimmersessel, weil ihm klar war, dass die Unterhaltung wohl länger dauern würde.

„Es geht um unsere Tochter Lena." Nachdem die Anruferin den Namen ausgesprochen hatte, wurde es in der Leitung plötzlich still. Rottmann wollte schon etwas sagen, als er ein Schluchzen vernahm.

„Entschuldigen Sie bitte", fuhr sie wieder gefasster, aber stockend fort, „aber mein Mann und ich sind völlig am Ende." Sie machte eine Pause. „Wäre es möglich, dass wir uns irgendwo treffen? Ich fühle mich nicht in der Lage, Ihnen die Geschichte am Telefon zu erzählen."

Rottmann überlegte einen Augenblick, dann erwiderte er: „Können Sie mir wenigstens mit ein paar Stichworten andeuten, um was es geht?"

Er hörte einige tiefe Atemzüge, dann sagte die Frau: „Es geht wie gesagt um unsere Tochter Lena. Die Polizei behauptet, dass sie … dass sie … vorgestern Nacht Selbstmord begangen hat." Ein heftiger Weinanfall raubte ihr erneut die Sprache.

Erich Rottmann fasste sich in Geduld und ließ ihr Zeit. Die Frau war offenbar stark traumatisiert und rang mit großer Mühe um Fassung. Schließlich sagte sie leise: „Wir glauben das nicht. So etwas würde unsere Lena niemals machen. Bitte helfen Sie uns!"

Rottmann war klar, dass jede weitere Diskussion am Telefon nichts brachte.

„Unter den gegebenen Umständen werde ich mich gerne mit Ihnen treffen. Ich weiß zwar noch nicht, was ich für Sie tun kann, aber wir können uns auf jeden Fall unterhalten. Wo und wann passt es Ihnen?"

„Ich danke Ihnen für Ihre Bereitschaft", stieß die Anruferin mit belegter Stimme hervor. Sie überlegte eine Sekunde, dann fuhr sie fort: „Ich habe morgen Nachmittag einen Termin beim … beim Bestatter. Es wäre schön, wenn wir uns um 15.00 Uhr am Frankoniabrunnen auf dem Residenzplatz treffen könnten. Wäre das möglich?"

„Das geht in Ordnung", antwortete Rottmann. Die Frau bedankte sich nochmals, dann legte sie auf.

Rottmann blieb noch einen Augenblick ruhig sitzen und betrachtete Öchsle, der in seinem Körbchen lag und schlief. Der Exkommissar spürte das vertraute Kribbeln in seinem Riechorgan, das komischerweise immer dann auftrat, wenn ihm ein schwieriger Kriminalfall ins Haus stand. Rottmann warf einen Blick auf seine Armbanduhr. Nachdem er bis zum Stammtisch noch Zeit hatte, wollte er die Xaver Marschmann gegebene Zusage einlösen, den Namen des unbekannten Mannes mit der Falsettstimme herauszufinden.

Rainer Kruschka hieß der junge Mann, der damals in

seiner Nachbarschaft wohnte und dem er in dem Hotel eine Ausbildungsstelle als Koch vermittelt hatte. Seitdem waren einige Jahre vergangen. Kruschka war schon lange ausgezogen und hatte sicher längst seine Ausbildung abgeschlossen. Ob er noch im *Maritim* arbeitete, wusste Rottmann nicht. Es blieb ihm somit nichts anderes übrig, als dort selbst nach ihm zu fragen.

Eine halbe Stunde später betrat Rottmann in Begleitung von Öchsle durch eine der beiden automatischen Türen die Lobby des Hotels. Der Exkommissar hatte das Hotel noch nie von innen gesehen, daher blieb er einen Augenblick stehen, um sich zu orientieren. Die Eingangshalle war in pastellfarbenen Gelbtönen gehalten, der Boden zeigte ein weißgelbes Schachbrettmuster. Alles sehr ansprechend. Rechter Hand befand sich die Rezeption. Entschlossen marschierte Rottmann auf die Theke zu, hinter der eine junge Frau im Businesslook auf einen Bildschirm sah.

„Grüß Gott", grüßte Rottmann freundlich.

Die Hotelangestellte musterte ihn kurz, aber nicht unfreundlich und fragte dann: „Grüß Gott, was kann ich für Sie tun?"

Rottmann fand es sehr sympathisch, dass sie mit dem landesüblichen Gruß erwiderte, obwohl nach ihrer Aussprache klar war, dass ihre Wiege im hohen Norden gestanden hatte.

„Ich habe da eine ungewöhnliche Bitte", begann er. „Ich habe vor Jahren einem Bekannten eine Ausbildungsstelle hier im *Maritim* verschafft. Jetzt müsste ich ihn aus privaten Gründen dringend mal sprechen, habe aber nicht seine Wohnadresse. Wäre es wohl ausnahmsweise möglich, ihn hier zu sprechen? Sein Name ist Rainer Kruschka. Er hat hier Koch gelernt."

Die junge Frau runzelte leicht die Stirn. „Es ist eigentlich nicht üblich, dass unsere Angestellten hier private Treffen abhalten."

Rottmann zog sein treuherzigstes Gesicht. Ungefähr so wie Öchsle dreinschaute, wenn er um ein Stück Leberkäs bettelte.

„Das glaube ich Ihnen. Ich würde diese Bitte auch niemals äußern, wenn es nicht dringend wäre."

Ein Gast näherte sich der Rezeption und wartete darauf, bedient zu werden. Mit einem neugierigen Blick musterte er den weißhaarigen, bärtigen älteren Mann mit der rustikalen Breitcordhose, dem karierten Hemd und der ausgebeulten Lodenjoppe, an dessen Bein sich ein mittelgroßer Mischlingshund drückte.

Wegen des Gastes wurde die Frau hinter der Rezeption in Zugzwang gesetzt. Sie musste Rottmann irgendetwas sagen, womit er erst mal zufrieden war.

„Also gut", erwiderte sie mit gedämpfter Stimme. „Ich muss erst mal nachsehen, ob dieser Rainer Kruschka überhaupt bei uns arbeitet. Vielleicht sind Sie so nett und nehmen dort drüben im Wartebereich Platz. Ich informiere Sie."

Rottmann bedankte sich und marschierte mit Öchsle im Schlepptau zu dem angewiesenen Platz. Er hatte die freie Auswahl unter mehreren Sitzgruppen mit Ledersofas und Sesseln, die alle sehr hochwertig und bequem aussahen. Der Exkommissar ließ sich in einen Sessel sinken und meinte: „Öchsle, hier könnte ich es einige Zeit aushalten." Der Rüde wedelte freundlich mit dem Schwanz und ließ sich zu Füßen seines Menschen nieder. Rottmann schnappte sich eine der ausliegenden Zeitschriften und schlug sie auf. Wahrscheinlich musste er etwas Geduld mitbringen. Hoffentlich dauerte es nicht zu lange, denn er wollte nicht schon wieder zu spät zum Stammtisch erscheinen.

Von seinem Platz aus hatte er freien Blick auf die Rezeption und konnte sehen, dass sich die Hotelangestellte, nachdem sie den Gast bedient hatte, mit ihrem Computer beschäftigte. Einen Augenblick später telefonierte sie. Dann standen schon wieder zwei neue Gäste vor ihr und mussten bedient werden. Zehn Minuten später war sie frei, verließ die Rezeption und kam zu Rottmann herüber.

„Herr Rottmann, Herr Kruschka arbeitet noch hier im Hause. Ich habe ihm gesagt, dass Sie hier auf ihn warten. Er wird, sobald er sich einen Moment freimachen kann, hierher zu Ihnen kommen."

Rottmann bedankte sich ausgiebig, für unterfränkische Verhältnisse geradezu überschwänglich. Die junge Frau lächelte ihn an und schenkte Öchsle einen freundlichen Blick, dann eilte sie wieder zur Rezeption zurück, da schon wieder Gäste auf sie warteten.

Es dauerte fast eine Viertelstunde, bis sich ein junger Mann, quer durch die Lobby kommend, dem Wartebereich näherte. Rottmann erkannte Rainer Kruschka sofort wieder. Natürlich war er älter geworden und hatte gewichtsmäßig einiges zugelegt. Bei dem Beruf sicher nicht verwunderlich.

„Hallo, Herr Rottmann", grüßte ihn Kruschka und ließ sich ihm gegenüber auf einer Ledercouch nieder. „Was ist denn passiert, dass Sie mich hier aufsuchen? Hoffentlich nichts Ernstes? Ich habe leider nur ganz kurz Zeit, weil wir mitten in den Vorbereitungen für das Mittagsbuffet sind."

Rottmann entschuldigte sich, dann sagte er: „Ich habe ein dringendes Anliegen und ich wusste nicht, wie ich anders an dich herankommen soll." Er hatte Kruschka immer geduzt und tat dies ohne zu überlegen auch jetzt. „Ich fasse mich kurz. Hier im Hotel gibt es einen Gast, dessen Namen ich erfahren muss. Es geht dabei um eine wichtige private Ermittlung."

Kruschka zog die Augenbrauen in die Höhe. „Aber Herr Rottmann, ich kann Ihnen doch keine Daten unserer Gäste herausgeben! Zumal ich auch gar keinen Zugriff auf das Reservierungsprogramm und die Gästedateien habe." Der junge Mann war ganz entsetzt.

Rottmann rutschte auf seinem Sessel ein Stück nach vorne, damit er nicht laut sprechen musste.

„Es ist wirklich eine verdammt wichtige Sache. Womöglich gibt es hier im Hotel einen Mann, der mit dem Gesetz in Konflikt geraten ist. Bevor ich hier aber die Gäule scheu mache, muss ich erst Gewissheit haben. Es würde auch gar keinen Sinn machen, im Computer herumzuschnüffeln, weil ich keinen Namen habe. Du musst das auf andere Weise herausbringen. Der Typ hat ein ganz ungewöhnliches Merkmal. Er hat eine auffallend hohe Stimme. Das muss doch irgendwelchen Zimmermädchen oder Bedienungen im Restaurant aufgefallen sein. Bitte!"

Kruschka kaute nervös an einem Fingernagel. „Herr Rottmann, ich weiß, ich schulde Ihnen noch was. Sie wissen aber auch, Diskretion ist in der Hotellerie oberstes Gebot. Wenn herauskommt, dass ich hier für Sie schnüffle, dann fliege ich in hohem Bogen raus und bekomme in der Branche keinen Fuß mehr auf die Erde."

Erich Rottmann legte ihm beruhigend die Hand auf den Arm. „Du kannst dich absolut darauf verlassen, niemand wird von mir erfahren, von wem ich diese Informationen bekommen habe."

Kruschka gab sich einen Ruck. „Ich muss wieder zurück in die Küche." Schnell zog er sein Handy aus der Hosentasche. „Sagen Sie mir Ihre Nummer. Wenn ich etwas herausgefunden habe, rufe ich Sie an. Bitte keine Treffen mehr hier im Hotel. Wenn das der Manager erfährt, gibt's Ärger."

Rottmann nickte, dann diktierte er dem jungen Mann seine Mobiltelefonnummer ins Display. Sie gaben sich kurz die Hand und Kruschka eilte davon.

Rottmann wartete noch einen Augenblick, dann erhob er sich. „Öchsle, das war jetzt nicht ganz die feine Art, aber was macht man nicht alles für einen Stammtischbruder."

Eine Viertelstunde später betraten Erich Rottmann und Öchsle mit dem oft geübten Einkehrschwung den *Maulaffenbäck.*

Als Erich Rottmann am nächsten Morgen gerade im Bad stand, klingelte sein Handy. Er spuckte schnell die Zahncreme aus, wischte sich mit dem Handtuch über den Mund und eilte ins Wohnzimmer. Rasch zerrte er sein Mobiltelefon aus der Hose, die über eine Sessellehne hing. Es meldete sich eine männliche Stimme.

„Hier Kruschka, Herr Rottmann. Ich habe mich gestern mal bei unseren Zimmermädchen umgehört. Sie haben mir bestätigt, dass wir im Augenblick einen Gast haben, der eine auffällig hohe Stimme hat, so wie Sie es beschrieben haben. Der Mann heißt James Henry Steward und kommt aus Oklahoma, USA. Er wohnt im dritten Stock, Zimmernummer 312, in einer Suite. Mehr kann ich Ihnen dazu nicht sagen. Vergessen Sie nicht, Sie haben mir versprochen, dass keiner erfährt, woher Sie diese Informationen haben. Ich kann mich doch darauf verlassen? Mein Job gefällt mir nämlich."

Rottmann lachte leise. „Keine Angst, mein Junge, von mir erfährt keiner ein Sterbenswort. Herzlichen Dank, dass du mir geholfen hast."

Er würde auch Marschmann nicht sagen, von wem er diese Auskunft hatte. Rottmann drückte auf den Knopf der Kaffeemaschine, dann ging er wieder zurück ins Bad und beendete seine Morgentoilette. Während die Kaffeemaschine gurgelte und röchelte, als läge sie in den letzten Zügen, griff er zum Telefon und wählte die Nummer von Marschmann. Der musste direkt neben dem Telefon gestanden haben, so schnell nahm er ab.

„Morgen, Erich." Er hatte Rottmanns Nummer auf seinem Display erkannt. „Wenn du so früh anrufst, hast du mir bestimmt etwas zu sagen."

„So ist es, mein Freund. Nach meinen Informationen ist tatsächlich ein Mann, auf den deine Beschreibung passt, im *Maritim* abgestiegen. Suite 312. Er heißt James Henry Steward und kommt laut seinen Angaben aus Oklahoma. Mehr habe ich nicht in Erfahrung bringen können."

„Vielen Dank, Erich, damit hast du mir sehr geholfen. Das wundert mich jetzt nicht wirklich, denn der Typ im Krankenhauscafé hat sich mit dem anderen Mann auf Englisch unterhalten." Nach kurzer Pause fuhr er fort: „Ich habe mich gestern Abend vor der Ausfahrt der CCW-Tiefgarage in meinem Auto auf die Lauer gelegt, weil ich hoffte, der verdächtige Wagen würde herauskommen. Leider Fehlanzeige. Sollte ich heute wieder nicht zum Stammtisch kommen, haben mich wichtige Ermittlungen abgehalten. Du weißt Bescheid."

„Verstehe", gab Rottmann zurück. „Aber Xaver, bitte sei vorsichtig und riskiere nichts. Du bist kein junger Hupfer mehr, der sich mit irgendwelchen Gangstern anlegen sollte. Ich hoffe sehr, dass du dich irrst und die Geister deiner Vergangenheit dort bleiben, wo sie hingehören. Falls es allerdings Probleme gibt, kannst du jederzeit auf mich zählen. Und, Xaver, die Info, die ich dir gegeben habe, hast du nie bekommen und schon gar nicht von mir. Ist das klar?"

Marschmann versicherte ihm seine Verschwiegenheit und bedankte sich nochmals, dann legte er auf.

Rottmann ging in die Küche und schenkte sich eine große

Tasse Kaffee ein. Gedankenverloren rieb er sich die Nase. Nach dem Gespräch mit Marschmann hatte er nun schon zum zweiten Mal dieses merkwürdige Kribbeln in der Nase. Da lag definitiv etwas Kriminalistisches in der Luft. Er trank einen Schluck Kaffee und verzehrte ein Marmeladenbrot. Anschließend machte er sich auf den Weg in die Stadt. Er wollte vor dem Stammtisch im Lesecafé der Stadtbücherei noch einen Blick in die heutige Ausgabe der *Mainpostille* werfen.

Kurz nach 13 Uhr verließ Rottmann mit Öchsle den *Maulaffenbäck*. Wie erwartet war Xaver Marschmann nicht zum Stammtisch erschienen. Unter den Schoppenbrüdern hatte es heftige Diskussionen über einen Artikel in der Zeitung gegeben, der sich ausgiebig mit dem Tod zweier Studenten befasste, die offenbar unter dem Einfluss von Drogen umgekommen waren. Es standen keine Namen in dem Artikel und auch die näheren Umstände des Todes wurden verschwiegen. Wie der ehemalige Leiter der Mordkommission vermutete, geschah dies auf Wunsch der Kripo, da man in solchen Fällen aus ermittlungstechnischen Gründen häufig keine Details veröffentlichte. Erich Rottmann hatte so eine Ahnung, dass er zumindest bezüglich eines Todesfalles heute noch nähere Einzelheiten erfahren würde.

Da er erst um 15 Uhr am Frankoniabrunnen verabredet war, ging er nach Hause, um sich noch kurz aufs Ohr zu legen.

Pünktlich zur ausgemachten Uhrzeit erreichte er den Residenzplatz. Es war – typisch für Würzburg – extrem schwülwarm. Am Brunnen schöpfte er mit der Hand Wasser und gab Öchsle zu trinken, der dankbar mehrere Hände voll schlabberte. Dann hockte sich Rottmann auf die unterste Treppenstufe und wartete.

Wenige Minuten später sah er ein dunkel gekleidetes Paar direkt auf den Brunnen zukommen. Er erhob sich.

„Herr Rottmann?", fragte die Frau. Sie war mittleren Alters, blond, schlank und sah sehr gepflegt aus. „Ich bin Rosalinde Neudammer und das ist mein Mann Volker. Herr Nabenschlager hat mir gesagt, sie hätten immer einen Hund bei sich." Sie warf Öchsle einen freundlichen Blick zu, der sich kurz schnuppernd mit den beiden vertraut machte.

„Wir sind Ihnen wirklich sehr dankbar, dass Sie sich Zeit für uns nehmen", ergriff Volker Neudammer das Wort. Seine Frau nickte. „Wollen wir uns in ein Café setzen? Dort in der Hofstraße ist ein Italiener. Oder suchen wir uns im Hofgarten eine Parkbank?"

„Vielleicht finden wir eine schattige Bank", schlug Rottmann vor. „Öchsle meidet bei der Hitze die Sonne." Rottmann wies in Richtung Eingangstor zum Hofgarten.

Zügig marschierten sie in die Parkanlage des Weltkulturerbes. Sie wählten eine geeignete Bank und ließen sich nieder.

„Herr Rottmann, wir haben durch den Tod unserer geliebten Tochter einen schweren Verlust erlitten", kam Herr Neudammer sofort auf den Punkt. „Wir sind völlig verzweifelt, weil sich unsere Tochter Lena das Leben genommen haben soll. Wir können uns das aber nicht vorstellen!"

Frau Neudammer gab einen erstickten Laut von sich. Es war ihr anzumerken, dass sie sich mühsam beherrschte, um die Fassung zu wahren. Ihr Mann legte ihr tröstend die Hand auf die Schulter, dann fuhr er fort: „Wenn ich ‚angeblich' sage, wissen Sie, dass wir erhebliche Zweifel an der Darstellung der Polizei haben. Unser Kind ist …", er stockte kurz, dann verbesserte er sich, „… war eine lebensbejahende, fröhliche junge Frau, die mit der Bewältigung des Studiums keine Probleme hatte, die über das übliche Maß hinausgingen. Jedenfalls hat sie uns gegenüber nichts dergleichen erwähnt."

„Sie hatte auch einen Freund", wandte Frau Neudammer

leise ein. „Sie hat zwar nicht viel darüber gesprochen, aber uns schien es so, als wenn sie recht glücklich war."

„Wir vermuten, dass sie wegen des Unfalls ihres Freundes, der kurz vor ihrem Tod bei einem schweren Verkehrsunfall sein Leben ließ, schwer zu kämpfen gehabt hat. Aber ich kenne unsere Lena. Deshalb würde sie sich doch nicht umbringen. Noch dazu auf so eine … grausame Art und Weise!" Der Vater schüttelte den Kopf.

Erich Rottmann hörte schweigend zu. Als Neudammer kurz Atem holte, wandte er ein: „Handelt es sich dabei um die beiden jungen Studenten, über die heute in der Zeitung berichtet wird? Wenn man dem Artikel glauben darf, waren in beiden Fällen Drogen im Spiel."

Frau Neudammer schluchzte laut auf. „Ich kann mir einfach nicht vorstellen, dass Lena ein solches Zeug genommen hat."

Rottmann wiegte den Kopf. „Nehmen Sie es mir nicht übel, aber ich vermute mal, dass junge Leute in Lenas Alter ihren Eltern nicht alles erzählen, was sie so treiben."

„Herr Rottmann, das ist der Grund, weshalb wir Sie um Hilfe bitten möchten. Die Polizei hält sich mit Auskünften sehr bedeckt. Meine Frau, und mich natürlich auch, macht die Ungewissheit ganz verrückt. Lena wurde nach unserer Kenntnis in der Rechtsmedizin … begutachtet. Bisher haben wir keine Einsicht in das Untersuchungsergebnis erhalten. Wenn wir unser Kind schon beerdigen müssen, wollen wir zumindest Klarheit haben, ob sie wirklich freiwillig aus dem Leben geschieden ist und, falls dies der Fall sein sollte, was die Ursache dafür war. Herr Rottmann, Sie waren doch bei der Mordkommission. Herr Nabenschlager hat mir gesagt, dass Sie auch heute noch über gewisse Verbindungen verfügen … Kurzum, wir würden Sie daher gerne engagieren."

„Bitte sagen Sie ja", fügte die Frau fast flehend hinzu.

Rottmann saß nach vorne gebeugt und streichelte Öchsle am Hals. „Also gut, ich werde mal versuchen, ob ich ein paar Einzelheiten herausbekommen kann. Sie müssen sich allerdings darauf einstellen, dass das Ergebnis meiner Ermittlungen nicht unbedingt dem Bild entspricht, das Sie sich von Ihrer Tochter gemacht hatten. Das kann unter Umständen sehr schmerzlich sein."

Die Eheleute nickten. „Hier haben Sie meine Handynummer", sagte Herr Neudammer und reichte Rottmann eine Visitenkarte. „Sie können mich Tag und Nacht anrufen. Darf ich Ihnen einen Vorschuss auf Ihr Honorar auszahlen, damit eventuelle Auslagen abgedeckt sind?"

Der Exkommissar schüttelte entschieden den Kopf. „Das mit dem Honorar vergessen Sie mal ganz schnell. Ich bin kein Privatdetektiv, den man engagieren kann. Ich tue Ihnen gerne einen Gefallen, falls es tatsächlich einer ist. Sobald ich irgendwelche Erkenntnisse habe, werde ich mich bei Ihnen melden."

Rottmann erhob sich und gab beiden die Hand, dann rief er Öchsle zu sich und marschierte mit einem knappen Kopfnicken davon.

Xaver Marschmann verließ am späten Vormittag am Bahnhof Schweinfurt-Stadt den Regionalexpress und lief in Richtung Stadtmitte. Gestern waren einige Telefonate notwendig gewesen, ehe er herausgefunden hatte, dass Egon Stahl, sein ehemaliger Vorgesetzter aus dem Landeskriminalamt München, ebenfalls seit kurzem pensioniert war. Wie man ihm mitteilte, wohnte er nun in Schweinfurt. Mit einiger Überredungskunst gab man ihm auch Stahls Telefonnummer. Der ehemalige Drogenermittler stand aus nachvollziehbaren Gründen nicht im Telefonbuch.

Als Marschmann Stahl schließlich erreichte, war dieser sehr überrascht. Nachdem Marschmann andeutete, dass es um einen Fall aus ihrer beider beruflichen Vergangenheit ging, reagierte Stahl zunächst zurückhaltend. Um sein Interesse zu wecken, skizzierte Marschmann ihm in groben Zügen sein Problem. Schließlich ließ sich Stahl doch zu einem Treffen überreden. Sie verabredeten sich in der Nähe des Roßmarktes in einem Café.

Marschmann betrat das Café und sah sich um. Stahl war schon da. Trotz der langen Zeit, die vergangen war, seitdem er den Kollegen das letzte Mal gesehen hatte, erkannte er ihn sofort. Er trug noch immer seinen markanten Schnurrbart mit den nach oben gezwirbelten Enden. Nur dass er mittlerweile ergraut war. Stahl schien es ähnlich zu gehen, denn er winkte Marschmann zu, als dieser eintrat.

„Grüß Gott, Herr Stahl." Xaver Marschmann streckte seinem Exkollegen, der sich halb aus seinem Sessel erhob, die Hand entgegen. Stahl erwiderte den Gruß und bot Marschmann mit einem Handzeichen einen Platz an. Kaum hatte er sich niedergelassen, stand auch schon die Bedienung neben ihm. Nachdem er sich einen großen Cappuccino bestellt hatte, lehnte er sich zurück und sah sein Gegenüber offen an. „So sieht man sich nach so langer Zeit also wieder", stellte er fest. „Ich habe den Eindruck, es geht Ihnen gut."

Stahl musterte ihn. „Ich kann nicht klagen. Zumindest bis jetzt. Hoffentlich ändert sich das nicht nach unserem Gespräch. Ihre Andeutungen am Telefon waren ja recht geheimnisvoll."

Der ehemalige LKA-Beamte schien nicht lange um den heißen Brei herumreden zu wollen. Marschmann war das nur recht.

„Sie erinnern sich an den Fall mit dem Lächler? Ich war damals als Undercover eingesetzt, sie haben den Einsatz auf Seiten des LKA geleitet. Es war eine große Drogengeschichte."

Stahl sah Marschmann durchdringend an. „Ich kann mich sehr gut an den Fall erinnern. Ercan Yülan war einer der meistgesuchten Drogenhändler in Deutschland. Sie haben ihn damals zur Strecke gebracht."

Marschmann nickte. „Das genau ist der Punkt, weswegen ich mich mit Ihnen unterhalten muss. Sie haben mir damals gesagt, Ercan Yülan wäre an der Schussverletzung, die ich ihm beigebracht habe, verstorben."

Sie wurden unterbrochen, weil die Bedienung Marschmanns Cappuccino brachte. Als sie fort war, nahm Marschmann den Faden wieder auf: „Die Tatsache, einen Menschen getötet zu haben, hatte mich damals ziemlich mitgenommen, auch wenn es in Notwehr geschah."

Stahl rieb stumm mit dem Zeigefinger über den Rand seiner Untertasse. Sosehr sich Marschmann auch bemühte, aus seiner steinernen Mimik konnte er nichts herauslesen.

„Belastet Sie die alte Geschichte immer noch?"

„Was heißt belastet", gab Marschmann zurück. „Es dauerte einige Zeit, bis ich damit meinen Frieden gemacht habe. Dank professioneller Hilfe konnte ich sie dann irgendwann verarbeiten und zu den Akten legen. Bis vor einigen Tagen. Da ist etwas passiert, was alles wieder aufgewühlt hat und bei mir massive Zweifel daran aufkommen ließ, ob Sie mir damals die Wahrzeit gesagt haben."

Stahl hob die Augenbrauen und sah ihn direkt an. „Wie kommen Sie darauf? Was ist geschehen?"

„Nach einer Untersuchung in der Würzburger Uniklinik vor ein paar Tagen hatte ich mich ins Klinikcafé gesetzt. Da hatte ich dann eine Begegnung, die mich schlagartig um Jahrzehnte zurückkatapultiert hat."

Stahl unterbrach ihn nicht.

„Sie erinnern sich, dass das auffälligste Merkmal von Ercan Yülan seine extrem hohe Stimme war?"

Stahl nickte.

„Nun, an diesem Tag betrat nach mir ein Mann das Café, der absolut die gleiche Stimmlage hatte. Diese Stimme hat sich mir eingebrannt. Ich werde sie niemals vergessen. Das Gesicht des Mannes sah zwar ganz anders aus, aber die Größe und Statur könnten hinkommen. Die Stimme aber ist unverwechselbar!"

„Und deshalb meinen Sie jetzt …"

„Ja. Es sind bei mir plötzlich erhebliche Zweifel daran aufgekommen, ob ich Yülan damals wirklich erschossen habe." Er atmete tief durch. „Ich möchte Sie bitten, mir die Wahrheit zu sagen. Dieser Mensch ist im *Maritim* in Würzburg unter dem Namen James Henry Steward abgestiegen. Nach meinen Recherchen kommt er aus den Vereinigten Staaten, aus Oklahoma.“

„Sie haben bereits Ermittlungen getätigt?“ Stahl fixierte Marschmann scharf.

„Was heißt Ermittlungen. Ich bin dem Mann vom Unigelände aus gefolgt und habe so herausgefunden, wo er abgestiegen ist. Den Namen hat mir ein Freund besorgt. Sie kennen Ihn vielleicht. Erich Rottmann, der ehemalige Leiter der Würzburger Mordkommission.“ In dem Moment, als er das sagte, merkte Marschmann, dass er sich verplaudert hatte.

Stahl lächelte leicht. „So, der alte Rottmann. Den gibt's auch noch. Wir hatten vor vielen Jahren mal in einem überregionalen Mordfall miteinander zu tun. Ein Mensch mit Ecken und Kanten, aber ein guter Polizist!“ Er nahm einen Schluck von seinem Cappuccino, dann kam er wieder zur Sache, allerdings wurde sein Ton heftiger.

„Marschmann, um Gottes willen, was spinnen Sie sich denn da zusammen? Gewiss, diese Falsettstimme Yülans war schon sehr auffällig, aber ich bin davon überzeugt, dass es auf der Welt noch zahlreiche andere Menschen gibt, die so hoch sprechen. Da sind Sie halt durch Zufall über einen gestolpert. Aber das ist sicher kein Anhaltspunkt dafür, dass das, was ich Ihnen über Yülans Tod gesagt habe, die Unwahrheit war. Sie sollten sich einen Gefallen tun und die Vergangenheit ruhen lassen. Yülan ist tot. Seine Drogenorganisation ist dann ja auch von uns zerschlagen worden.“

Xaver Marschmann sah sein Gegenüber prüfend an. Keine Regung im Gesicht Stahls gab ihm Anlass, an seinen Worten zu zweifeln. Aufatmend lehnte er sich zurück. „Da bin ich aber wirklich erleichtert, dass Sie das so sagen. Diese alte Geschichte hat mir in den letzten Tagen schlaflose Nächte bereitet."

Stahl lachte. „Na, da bin ich aber froh, wenn ich einem ehemaligen Kollegen seine Bedenken nehmen konnte."

Kurz darauf verabschiedeten sie sich, Stahl mit der Begründung, dass er noch einen Arzttermin habe.

Beiden war der Mann an einem Tisch in der anderen Ecke des Cafés nicht aufgefallen, der kurz nach Marschmann den Raum betreten hatte. Er saß bei einer Tasse Kaffee und blätterte in einer Tageszeitung. Aus dieser Deckung heraus hatte er mit dem Smartphone einige Fotos von Stahl und Marschmann geschossen.

Marschmann schlenderte noch einige Zeit durch die Straßen von Schweinfurt, immer gefolgt von seinem Schatten. Bis der nächste Zug nach Würzburg zurückging, blieb noch etwas Zeit. Ganz so überzeugt, wie er sich gegenüber Stahl gegeben hatte, war er allerdings von dessen Aussagen nicht. Er konnte sich nicht helfen, irgendetwas an dem Verhalten des ehemaligen Kollegen kam ihm merkwürdig vor. Er konnte es nicht beschreiben, es war nur das Bauchgefühl eines alten Polizisten. Aber Marschmann hatte ein Leben lang auf sein Gefühl und seine Instinkte vertraut. Das hatte ihm schon mehrfach aus schwierigen Situationen herausgeholfen.

In Bezug auf seinen Verfolger, der ihn schon auf der Herfahrt beobachtete und der auch auf der Fahrt zurück ein paar Abteile entfernt saß, versagten sie allerdings völlig.

Egon Stahl eilte durch die Stadt. Die Gedanken schwirrten durch seinen Kopf. Er war keineswegs so gelassen, wie er vor Marschmann den Anschein erweckt hatte.

Eine Viertelstunde später war er zuhause. Er warf den Hausschlüssel in eine Keramikschale, dann griff er zum Telefon und wählte eine Nummer in München. Dieser abhörsichere Anschluss war in seiner aktiven Zeit nur einem eng begrenzten Mitarbeiterkreis bekannt gewesen. Obwohl er diese Nummer schon lange nicht mehr angerufen hatte, wusste er sie noch immer auswendig.

Es dauerte einige Zeit, bis sich eine männliche Stimme mit einem knappen „Ja" meldete. Stahl nannte ein Codewort, dann verlangte er eine bestimmte Person zu sprechen. Er hatte keine Ahnung, ob dieser Mann noch immer in der alten Funktion tätig war, aber das spielte keine Rolle. Stahl war sich jedenfalls sicher, dass er noch immer im aktiven Dienst war und ihm weiterhelfen konnte. Es dauerte eine Minute, währenddessen, wie er wusste, seine Identität geprüft wurde. Dann meldete sich ein anderer Mann. Stahl erkannte die Stimme sofort. Die beiden hielten sich nicht mit langen Vorreden auf. Der ehemalige LKA-Mitarbeiter schilderte seinem Gesprächspartner die Begegnung mit Xaver Marschmann und den Inhalt des Gesprächs. Als er fertig war, blieb es in der Leitung eine Weile still.

„Stahl, Sie müssen unter allen Umständen dafür sorgen, dass dieser Marschmann die Finger von der Sache lässt. Sonst gefährdet er mit seinem Übereifer eine lang eingefädelte Polizeiaktion gegen eine international agierende Drogenorganisation. Kommen Sie zu mir nach München, wir müssen eine entsprechende Strategie entwickeln. Ich werde veranlassen, dass Sie dafür kurzfristig wieder in Dienst gestellt werden. Sie haben doch keine Einwände?"

Stahl verneinte. Nachdem das Gespräch beendet war, sah Stahl den Hörer eine Weile nachdenklich an. Die Reaktivierung eines pensionierten Beamten war höchst ungewöhnlich. Stahl hatte das Gefühl, dass Marschmann hier aus Versehen in ein Hornissennest gestochen hatte.

Das geheime Versammlungsgewölbe der *Schwestern und Brüder der Nacht* wurde wieder durch zahlreiche Kerzen und einige Fackeln erhellt. Es war kurz vor dreiundzwanzig Uhr. Christoph und Julian saßen im Augenblick noch alleine auf den Matratzen und starrten auf die bläulichen Flammen eines Campingkochers. Auf dem Rost stand ein Aluminium-topf, in dem Wasser kochte. Christoph drehte das Gas ab. Als das Wasser nicht mehr sprudelte, gab er eine nur ihm bekannte Mischung aus getrockneten Pflanzen hinein. Sehr schnell entstand die typische dunkelgrüne Färbung der Flüssigkeit. Christoph rührte mit einem Löffel darin herum. Es würde nicht mehr lange dauern, dann war der Trank fertig. In einer guten Stunde würden die anderen *Schwestern und Brüder* eintreffen. Nach den schrecklichen Ereignissen der letzten Tage hatte Christoph eine Rauschnacht geplant. So nannten sie ihre Treffen, bei denen sie sich mit Christophs Droge und Wein in einen gigantischen Rausch versetzten. Ein Rausch, bei dem sich die Gegenwart und ihre Existenz in einen Traum auflösten, Gefühle explodierten, wunderbare Farben und sphärische Klänge die Gegenwart vergessen ließen. Losgelöst von ihrem Körper schwebten sie voller Glücksgefühl durch eine surreale Welt. Wer einmal diesen Rausch erlebt hatte, sehnte sich immer wieder nach dessen

Schönheit und den überwältigenden Empfindungen, die er erzeugte. Dieses Gemeinschaftserlebnis würde die Gruppe wieder fester zusammenschweißen, was jetzt besonders wichtig war.

„Ich habe eine Vorladung von der Kripo erhalten", sagte Christoph verärgert. „Es geht um den ‚ungeklärten Todesfall von Lena Neudammer', wie auf dem Wisch steht. Wie kommen die Bullen auf mich? Haben sie das von dir?"

Julian zuckte mit den Schultern. „Sie haben nach dem Unfall von Ralf überall in unserem Wohnheim nachgefragt, mit wem er Umgang hatte. Dabei haben sie natürlich herausgefunden, dass er mit Lena befreundet war. Nachdem Lena ...", er zögerte unmerklich, „... nachdem Lena verstorben ist, durchforsten sie jetzt natürlich ihr Umfeld. Ich muss übrigens in den nächsten Tagen auch hin. Vermutlich haben die anderen *Schwestern und Brüder* auch so ein Schreiben erhalten."

„Mist", schimpfte Christoph und rührte erneut um. Die Tinktur war fertig und musste jetzt nur noch abkühlen. „Wir müssen uns abstimmen, damit wir uns nicht widersprechen. Besonders beunruhigt mich die Tatsache, dass auch die Drogenschnüffler beteiligt sind."

„Vielleicht sollten wir unseren Zirkel in der nächsten Zeit ruhen lassen, bis sich die Gemüter wieder beruhigt haben", gab Julian zu bedenken.

Christoph wollte gerade etwas entgegnen, als er in der Ferne ein leise hallendes Geräusch hörte. Er hob den Kopf und lauschte.

„Hast du das auch gehört?"

„Ja, das war am Tor."

„Kommen die anderen schon?"

„Ist eigentlich noch zu früh."

„Verdammt, außer uns kennt doch keiner dieses Versteck!"

Christoph war sichtlich nervös. Dieses Gewölbe, in dem sie ihre Treffen abhielten, war Bestandteil eines umfangreichen Kasemattensystems unterhalb der Festung Marienberg. Diese Katakomben waren untereinander mit zahllosen Gängen verbunden, ein richtiges Labyrinth, in dem man sich heillos verirren konnte. Christoph hatte von diesen unterirdischen Gängen erfahren, als er vor zwei Jahren im Mainfränkischen Museum ein zweimonatiges Praktikum absolvierte. Eine Zeit, die ihm in vielerlei Hinsicht interessante Erkenntnisse und Erfahrungen gebracht hatte. Ein Teil dieser Gänge wurde zuweilen auch der Öffentlichkeit zugänglich gemacht. Es gab aber viele ältere Gänge und Räume, die nicht besichtigt werden konnten. Der Zugang zu diesen Katakomben erfolgte über getarnte und verschlossene Zugänge in der Festungsmauer, die von früheren Festungsverteidigern genutzt wurden, um überraschende Ausfälle gegen Belagerer zu unternehmen. Christoph hatte eines dieser Tore gefunden und das Vorhängeschloss aufgebrochen, um hier die heimlichen Treffen der *Schwestern und Brüder der Nacht* abzuhalten. Während des Praktikums war er im Archiv, in dem die Bibliothek des Fürstbischofs aufbewahrt wurde, auf einen Packen beschriebener Blätter gestoßen, die geheimnisvolle Rezepte und Beschreibungen vielerlei Kräuter enthielten. Als angehender Chemiker stießen diese Blätter auf sein besonderes Interesse. Kurzerhand ließ er sie mitgehen. Sehr schnell erkannte er die Möglichkeiten, die sich aus diesem alten Wissen ergaben. – Die beiden Jungs lauschten in die Finsternis außerhalb ihres Verstecks. Das Gewölbe lag vom Eingang gut zweihundert Meter entfernt. Man musste zweimal eine richtige Abzweigung nehmen, damit man es fand. Nun war nichts mehr zu hören.

Die beiden sahen sich schulterzuckend an. Hierher kam niemand, der sich nicht auskannte.

Völlig überrumpelt fuhren sie zusammen, als die Licht-strahlen zweier starker Scheinwerfer das Dämmerlicht durch-schnitten und das Licht der Kerzen und Fackeln völlig ver-blassen ließen. Geblendet schlossen sie die Augen.

„Was soll das?", stieß Christoph hervor und hielt schützend die Hände vor die Augen. Er versuchte einen forschen Ton an-zuschlagen.

„Freundchen, reiß die Klappe nicht so auf, sonst bekommst du was auf die Mütze. Was treibt ihr hier?" Es war eine tiefe Stimme, die hinter einer der Lichtkanonen hervorkam.

„Das geht Sie gar nichts an!", stieß Julian hervor, der seinen Freund nicht im Stich lassen wollte.

Der Lichtstrahl wurde gesenkt, so dass sie wieder etwas sehen konnten: zwei Männer, ein größerer und ein kleinerer, die als dunkle Schatten im Raum standen. Der Größere lachte belustigt.

„Ihr wollt wohl Helden spielen? Wir haben hier zwei Argu-mente, die euch vielleicht vom Gegenteil überzeugen können." Er drehte ein wenig die Lampe. Jetzt konnten die beiden Studenten die Pistolen erkennen, die die Eindringlinge auf sie richteten.

„Also, was hat das hier zu bedeuten?", knurrte der Größere. Aller Humor war aus seiner Stimme verschwunden. Als Christoph und Julian trotzdem beharrlich schwiegen und trotzig vor sich auf den Boden stierten, gab er seinem Kumpan einen auffordernden Stoß. Der kleinere Mann machte darauf-hin einen schnellen Schritt nach vorne und ergriff Julian an der Schulter. Der Junge zuckte zusammen und erstarrte, als er den kühlen Lauf der Pistole an der Schläfe spürte.

„Vielleicht fällt dir jetzt ein, was ihr hier treibt? Denke nicht, dass wir Spaß machen! Ich warte!" Der Wortführer wedelte ungeduldig mit seiner Waffe.

„Wir bereiten hier einen Hexentrank", stieß Christoph gepresst hervor.

Für einen Augenblick herrschte Ruhe, dann begannen die beiden Eindringlinge wie auf Kommando laut zu lachen. Genauso abrupt hörten sie wieder auf.

„Du denkst wohl, du könntest uns verarschen", zischte der Größere. Der laute Knall des Schusses brach sich an dem steinernen Gewölbe und brachte fast die Trommelfelle der beiden Jungen zum Platzen. Julian brach zusammen, presste sich die Handflächen auf die Ohren und stieß ein lautes Wimmern aus. Christoph erging es ähnlich. Mit entsetzten Augen sah er seinen Freund an, der sich am Boden wälzte. Der Typ hatte anscheinend den Schuss direkt neben seinem Ohr abgegeben. Julian war von dem Knall praktisch taub, aber offenbar sonst unverletzt.

„Letzte Warnung!", stieß der Anführer in Richtung Christoph hervor.

Der Junge hob beteuernd die Hände. „Ich schwöre, das ist wirklich ein sogenannter Hexentrank. Das ist die reine Wahrheit. Er ist nach einem uralten Rezept zusammengebraut und macht tierisch high."

„Du willst also sagen, dass ihr euch hier trefft, um euch mit diesem Zeug die Birne wegzuschießen?"

Christoph nickte nur und warf Julian einen besorgten Blick zu. Der Junge lag noch immer auf dem Boden und starrte benommen in die Scheinwerfer.

Der Große kniff die Augen zusammen und durchbohrte Christoph geraume Zeit mit seinem Blick. Schließlich schüttelte er den Kopf. „Schau dir diese grünen Burschen an. Machen unsereins mit solchem Zeug Konkurrenz. Würde mich wirklich mal interessieren, ob die uns keinen Bären aufgebunden haben." Er leuchtete mit der Lampe in das innere des Topfes, der mit einem grünlich schillernden Gebräu gefüllt war.

„Trinken!", stieß er unvermittelt hervor und sah Christoph auffordernd an.

„Das … das geht nicht!", stotterte der Junge. Das Entsetzen über die Aufforderung stand ihm ins Gesicht geschrieben.

„Was heißt hier ‚geht nicht'? Entweder du trinkst das Zeug oder mein Kumpel schießt dir ins Knie. Dann ist dein Freund hier dran. Meinst du, wir verplempern hier unsere Zeit?"

„Bitte … bitte …", Christophs Stimme klang jetzt flehend. „Das Zeug kann man nicht pur zu sich nehmen. Die Menge hier ist für zehn Personen gedacht. Man muss ihn ganz vorsichtig dosieren, sonst ist er stark giftig und würde in dieser Konzentration unweigerlich zum Tod führen."

Der Mann hob aufmerksam den Kopf. „Für zehn Personen?", wiederholte er die Worte des Jungen. „Es gibt also noch mehr von eurer Sorte. Das ist euer geheimer Treffpunkt und ihr seid das Vorauskommando, um hier dieses Zeug zu brauen, stimmt's?"

Der andere Typ gab Christoph einen harten Stoß, als er nicht gleich reagierte. Der nickte. Er hatte innerlich aufgegeben. Die Vorstellung, den Hexentrank pur trinken zu müssen, erweckte Todesangst in ihm. Als angehender Chemiker wusste er, was die in dieser Tinktur in ziemlich hoher Konzentration enthaltenen Alkaloide anrichten konnten. Bewusstlosigkeit bis hin zur Atemlähmung konnten die Folgen sein.

„Ihr habt hier also ein Treffen …", kombinierte der Anführer der beiden. „Sag schon, wann kommen die anderen?"

Als Christoph nicht gleich antwortete, bekam er von dem zweiten Mann eine schallende Ohrfeige.

„Aufhören … bitte", wimmerte er. „Sie … sie sollten kurz nach Mitternacht hier sein."

Der Strahl der Taschenlampe ruckte herum und beleuchtete die Armbanduhr des Mannes. „Verdammt, keine Zeit mehr!", stieß er hervor und gab seinem Kumpel einen Wink. „Los, ihr trinkt jetzt von dem Zeug oder wir verpassen euch eine Kugel! Ihr habt die Wahl." Seine Stimme ließ keinen Zweifel daran, dass er es ernst meinte. Der zweite Mann steckte seine Pistole in den Gürtel und packte den Topf. Der Trank war mittlerweile abgekühlt. Er packte Julian am Genick und hielt ihm das Gefäß an die Lippen. „Los, trink!", fauchte er und half nach, indem er ihm den Rand schmerzhaft auf die Lippen drückte.

„Nicht!", schrie Christoph verzweifelt, was ihm einen weiteren Schlag ins Gesicht einbrachte.

Julian, der noch immer benommen war, nahm einen Schluck, dann verzog er das Gesicht. Das Zeug war gallenbitter. Nachdem der Kerl ihm noch zwei weitere Schlucke aufgezwungen hatte, ließ er von dem Jungen ab und kam zu Christoph. Der drehte ruckartig den Kopf weg.

Wortlos richtete der Große seine Waffe auf Julians Beine und spannte den Hahn. Sein Zeigfinger krümmte sich um den Abzug. Gnadenlos sah er auf Christoph hinab. Schließlich gab der Junge auf, öffnete den Mund und nahm einen Schluck. Voller Ekel würgte er.

„Weiter!", kam das Kommando.

Christoph nahm noch zwei Schlucke, wobei er sich bemühte, so geringe Mengen wie möglich zu sich zu nehmen. Trotzdem würde die Wirkung bei dieser Konzentration nicht lange auf sich warten lassen.

„Los, wir müssen weg!", befahl der Anführer. Sein Kumpel sah ihn fragend an und wies auf die beiden Jungen.

„Kassiere ihre Mobiltelefone, dann nehmen wir sie mit!", entschied er und packte Christoph am Hemd. Der andere schnappte sich Julian, bei dem schon die erste Wirkung einsetzte. Widerstandslos ließ er sich durch den Gang zerren. Die Kerzen und die Fackeln würden von alleine ausgehen.

Durch das Tor betraten sie den oberen Weinbergsweg. Unter ihnen erstrahlten die Lichter der Stadt, die sich im Main spiegelten. Die Männer schlossen das Tor und tauschten das vorhandene Schloss durch ein eigenes aus. Danach hasteten sie mit den beiden Jungen, die von Minute zu Minute immer benommener wurden, zu ihrem Auto, das sie an einer geeigneten Stelle in der Nähe abgestellt hatten.

Als sie kurz danach den Bereich der Festungsanlage verließen, passierten sie eine Gruppe junger Leute, die bergauf marschierten. In der Stadt angekommen, fuhr das Fahrzeug die Mergentheimer Straße entlang. Vor einem der Häuser standen Mülltonnen auf der Straße. Der Wagen hielt und der Beifahrer stieg aus. Mit einem Blick überzeugte er sich davon, dass die Abfalltonnen richtig voll waren und somit zur Leerung bereitstanden. Der Mann stopfte die beiden Mobiltelefone der Jungen in jeweils eine Tonne, dann stieg er wieder ein. Die SIM-Karten hatte er vorher daraus entfernt. Das Auto beschleunigte und fuhr nun in Richtung Heidingsfeld.

Einige Zeit danach erreichten die verbliebenen Mitglieder der *Schwestern und Brüder der Nacht* ihr Ziel. Als sie die Tür zur Unterwelt der Festung öffnen wollten, mussten sie betroffen feststellen, dass sie mit einem neuen Vorhängeschloss versperrt war. Das durfte eigentlich nicht sein, da Christoph und Julian schon drinnen sein mussten. Für diese Fälle war innen eine stabile Drahtschlaufe angebracht, die das Tor zuhielt. Man konnte sie aber von außen mit einem Stock hochschieben, so dass auch Nachzügler noch eintreten konnten. Sie warteten einige Zeit ratlos, in der Hoffnung, dass Christoph oder Julian auftauchen würden. Nachdem beide auch nach einer halben Stunde noch nicht da waren, versuchten sie, die Jungen über ihre Mobiltelefone zu erreichen. Als auch dies erfolglos blieb, gaben sie auf und marschierten enttäuscht wieder hinunter in die Stadt.

★

Als die Bademeister des Würzburger Dallenbergbades am nächsten Morgen ihren Dienst antraten, machte einer von ihnen im Sprungbecken eine grausige Entdeckung. Im Wasser trieben die leblosen Körper von zwei bekleideten jungen Männern. Die sofort eingeleitete Rettungsaktion und die anschließenden Wiederbelebungsversuche blieben erfolglos. Der Notarzt konnte nur noch den Tod der beiden feststellen.

Die Kripo fand bei ihnen Ausweispapiere, darunter die Semestertickets der Uni Würzburg. Es handelte sich also um Studenten. Die Polizei suchte das ganze Gelände ab. Dabei bemerkte sie ein Loch im Zaun des Bades, das mit einer Drahtschere hineingeschnitten worden war. Der stellvertretende Leiter der Mordkommission, Florian Deichler, wunderte sich. Warum hatten sich die beiden diese Mühe gemacht und waren nicht einfach über den Zaun geklettert? Allerdings fanden sie weder bei den Leichen noch vor oder auf dem Gelände irgendwelches Werkzeug.

Deichler beobachtete den Rechtsmediziner bei seiner Arbeit. Dr. Patschler erhob sich nach der Untersuchung und meinte: „Auf den ersten Blick würde ich sagen, dass die beiden vor ihrem Tod Streit hatten und sich geschlagen haben. Jedenfalls gibt es in den Gesichtern entsprechende Verletzungen." Während er seine Gummihandschuhe auszog, sagte er nachdenklich: „Wir haben in den letzten Tagen in Würzburg ein regelrechtes Studentensterben. Mit den beiden sind es jetzt vier, die bei mir auf dem Tisch landen. Bei den ersten beiden vermute ich, dass Drogen im Spiel waren. Die entsprechenden Untersuchungsergebnisse sind leider noch nicht da. Mal sehen, wie es bei den zweien hier damit aussieht."

„Könnte es sein, dass bei den beiden jemand nachgeholfen hat?" Deichler wies mit dem Kinn in Richtung der beiden Toten, die mit ihren nassen Kleidern am Beckenrand lagen.

Der Rechtsmediziner zuckte mit den Schultern. „Dazu muss ich sie mir erst einmal genauer ansehen. Habt ihr auf dem Sprungturm Spuren gefunden? Es wäre interessant zu wissen, aus welcher Höhe sie gesprungen sind."

„Sobald wir etwas gefunden haben, lasse ich es Sie wissen", erwiderte Deichler und gab dem Polizeifotografen ein Zeichen, dass er seine Arbeit fortsetzen konnte. Dr. Patschler verließ mit einem knappen Gruß den Tatort. Draußen vor dem Eingang musste er sich mühsam durch die zahlreichen Badegäste drängeln, die ungeduldig auf die Öffnung des Bades warteten und ihm Fragen zuriefen. Der Bademeister hatte ihnen lediglich erklärt, dass sich wegen einer Polizeiaktion die Öffnung um einige Zeit verzögern würde.

Deichler stellte sich etwas abseits und betrachtete nachdenklich die beiden Studentenausweise, die jeweils in durchsichtigen Beweismitteltüten aus Kunststoff steckten. Er gab Dr. Patschler recht. Vier Todesfälle unter Studenten innerhalb weniger Tage, das ging nicht mit rechten Dingen zu.

Eine halbe Stunde später waren die Spurensicherer fertig. Auf der 10-Meter-Plattform des hohen Sprungturms hatten sie mehrere erdige Schuhabdrücke gefunden. Die Spuren wurden fotografiert und von dem Material Proben genommen. So konnten sie überprüfen, ob sie von den Toten stammten.

Deichler gab den bereits wartenden Mitarbeitern des Beerdigungsinstituts ein Zeichen, dass die Leichen abtransportiert werden konnten.

Die Bademeister ließen das Wasser des Sprungbeckens ab, da es erneuert werden musste. Der Sprungturm wurde gesperrt. Mit zwei Stunden Verspätung wurden die ersten Badegäste eingelassen. Wenig später erfüllte die gewohnte Lebensfreude das Freibad.

Erich Rottmann machte sich zur gleichen Zeit zu Hause seine Gedanken. Er überlegte, ob er für die Ermittlungen, die er für das Ehepaar Neudammer tätigen sollte, seinen ehemaligen Mitarbeiter Florian Deichler bei der Kripo oder seinen Spezi Gottfried Meyer, der als Assistent im Sektionssaal der Rechtsmedizin arbeitete, anrufen sollte. Wer konnte ihm die benötigten Auskünfte erteilen? Nach kurzem Nachdenken entschied er sich für Meyer. Der würde ihm sicher über die medizinischen Aspekte von Lenas Tod Auskunft geben können. Das war für die Eltern sicher genauso wichtig wie die kriminalistischen Hintergründe. Er entschied sich, diesen Anruf noch vor dem Stammtisch zu erledigen.

„Ja, das gibt es doch nicht! Den gestresstesten Pensionisten aller gestressten Pensionisten gibt es auch noch." Die Begrüßung von Gottfried Meyer fiel gewohnt flapsig aus. „Was kann ich denn für den Herrn Oberkriminalisten tun? Oder wolltest du dich nur nach meinem gesundheitlichen Befinden erkundigen?"

„Welch ein Wunder, Gottfried, dass ich dich direkt am Gehörgang habe. Hast du etwa nichts zu tun? Wie ich mitbekommen habe, sorgen doch zurzeit die Würzburger Studenten dafür, dass ihr da draußen in der Versbacher Straße nicht arbeitslos werdet."

„Aha, daher weht der Wind", gab Meyer zurück. „Erich Rottmann auf der Fährte der verblichenen Mitglieder unserer zukünftigen Geisteselite. Du hast die freie Auswahl. Welcher unserer Kunden darf es denn sein? Die beiden von Anfang der Woche oder die zwei, die heute neu eingeliefert wurden?"

Erich Rottmann stutzte einen Moment. „Wieso vier Tote? Ich weiß nur von zweien, Lena Neudammer und Rolf Seidel, wobei mich in erster Linie das Mädchen interessiert."

„Na ja, heute früh haben sie schon wieder zwei Studenten eingeliefert. Man hat sie im Sprungbecken des Dallenbergbades gefunden. Wir haben sie allerdings noch nicht obduziert. Daher kann ich dir zu diesen beiden auch nichts sagen. Lena Neudammer und Rolf Seidel haben wir schon untersucht. Allerdings steht noch die toxikologische Untersuchung des Blutes aus. Aus den Gesamtumständen ergeben sich aber auch so Verdachtsmomente, dass die beiden unter Drogen standen. Wie gesagt wissen wir aber noch nicht, welcher Stoff da im Spiel war."

„Mich interessiert primär Lena Neudammer. War es ein Unfall oder ein Selbstmord oder hat da möglicherweise sogar jemand nachgeholfen?"

Meyer räusperte sich. „Wir haben keinerlei Anzeichen von Drittverschulden gefunden. Da gab es keine Verletzungen, die darauf hinweisen würden, dass sie jemand mit Gewalt über das Balkongeländer gezwungen hat. Wie es aussieht, ist sie einfach gesprungen. Bei der Fallhöhe war sie sofort tot. Bei dem Jungen, diesem Ralf Seidel, ist völlig klar, dass er alleine gehandelt hat. Es hat in der Domstraße ja zig Zeugen gegeben, die gesehen haben, wie er völlig irre die Straße entlanggerast ist und schließlich von der Domtreppe brutal gestoppt wurde. Auch bei ihm warten wir noch auf das Untersuchungsergebnis des Labors. Ich denke, es wird bald eingehen. Wir haben es eilig gemacht. Zieht man auch hier die Gesamtumstände in Betracht, muss er bei dieser Fahrt völlig high gewesen sein."

Meyer atmete kurz durch. „Weißt du, Erich, ich verstehe nicht, was in den Köpfen der jungen Leute heutzutage vorgeht. Wenn diese Damen und Herren Studiosi das getan hätten, wofür sie ihr Bafög bekommen, nämlich zielstrebig studieren, würden sie heute nicht in unserer Kühlkammer liegen."

„Wir waren auch keine Engel", gab Rottmann nachdenklich zurück, „aber über den einen oder anderen Vollrausch oder eine kleine Keilerei sind wir nicht hinausgegangen. Noch etwas: Wenn du den Eindruck gewinnen solltest, dass zwischen Lena Neudammer, Ralf Seidel und den beiden heute eingelieferten Studenten irgendein Zusammenhang besteht, dann würde ich das natürlich auch gerne wissen."

„Selbstverständlich! Immer wieder gerne zu Diensten, Herr Kriminalrat!", gab Meyer gewohnt spöttisch zurück. „Du weißt ja, ich trinke nach wie vor Silvaner."

Rottmann hatte Meyers Anspielung natürlich verstanden. Da war als Dank wieder mal eine Einladung zum Schoppen angesagt. Der Exkommissar bedankte sich bei Meyer.

Nachdenklich starrte Erich Rottmann auf den Telefonhörer, dann legte er auf. Sein Instinkt riet ihm, zur Ergänzung seiner Informationen bei Florian Deichler anzurufen. Es war sicher interessant zu erfahren, ob die Spuren, die die Kripo bei Lena und Ralf sichergestellt hatten, die Aussage Meyers bestätigten. Erst dann würde er die Eltern von Lena informieren.

Rottmann wählte die Nummer von Deichlers Arbeitsplatz. Der Anrufbeantworter teilte ihm mit, dass Kriminalhauptkommissar Deichler aus dienstlichen Gründen nicht zu erreichen sei, man aber gerne eine Nachricht hinterlassen könne und zurückgerufen werden würde. Rottmann hinterließ keine Nachricht.

Deichler befand sich zwar an seinem Schreibtisch, sein Telefon war jedoch auf Anrufbeantworter geschaltet, da er sich gerade in einer Zeugenbefragung befand. Ihm gegenüber saß die Jurastudentin Anna Zollny. Sie war die Erste in einer ganzen Reihe von Freunden und Bekannten, die er zu den Todesfällen Lena Neudammer und Ralf Seidel vernehmen wollte. Die junge Frau war recht wortkarg und gab sich sehr distanziert. Sie antwortete nur auf gezielte Fragen, kurz und bündig und sehr konzentriert. Es war offensichtlich, dass sie sich jede Antwort genau überlegte, um nichts Falsches zu sagen. Vielleicht eine Auswirkung ihres Jurastudiums?

Deichler fragte sich, ob sie auch die beiden Toten aus dem Schwimmbad kannte. Selbst wenn das der Fall war, wusste Anna Zollny noch nichts von dem Vorfall, denn sonst hätte sie nicht so cool reagiert.

„Sie waren mit Lena Neudammer und Ralf Seidel enger befreundet?"

„Was heißt schon befreundet. Wir waren Kommilitonen, hatten im selben Jahr mit dem Studium begonnen und trafen uns zu Freizeitaktivitäten. Ich würde uns als Clique bezeichnen."

„Welche Art von Freizeitaktivitäten?"

„Was man als Student halt so macht, einen trinken gehen, mal in die Disco, im Sommer zum Schwimmen und so."

Ehe Deichler weiterfragen konnte, klopfte es und die Bürotür ging auf. Ungehalten musterte der Kripobeamte eine Mitarbeiterin, die ihm einen entschuldigenden Blick zuwarf und dabei mehrere Blätter vor ihm auf den Schreibtisch legte. „Hier, ein dringendes Fax aus der Rechtsmedizin", erklärte sie kurz, dann drehte sie sich um und eilte wieder hinaus.

Deichler blätterte kurz durch die Ausdrucke. Es waren die toxikologischen Untersuchungsergebnisse von Lena Neudammer und Ralf Seidel. Deichler entschuldigte sich kurz bei seinem Gegenüber. Schnell überflog er die zusammengefassten Untersuchungsergebnisse. Erstaunt nahm er zur Kenntnis, dass beide Toten erhebliche Mengen eines ungewöhnlichen Rauschmittels im Blut hatten. Nach den Erkenntnissen der Rechtsmedizin war bei beiden Toten keine Fremdeinwirkung im Spiel gewesen. Insbesondere Lena war offensichtlich im Rausch ins Leere gesprungen. Für Deichler warf das ein völlig neues Licht auf diese beiden Fälle.

Anna Zollny ließ ihn keinen Augenblick aus den Augen. Dabei rutschte sie sichtlich nervös auf ihrem Stuhl herum.

Deichler hob den Blick und sah die junge Frau durchdringend an. Unbewusst spielte sie mit ihrem Fingerring.

„Ich habe hier das Ergebnis der Blutuntersuchung Ihrer Kommilitonen. Ganz so harmlos, wie Sie mir deren Freizeitbeschäftigungen geschildert haben, waren diese offensichtlich nicht. Sie hatten eine hohe Konzentration halluzinogener Alkaloide im Blut. Bei Lena Neudammer haben wir in der Wohnung auch ein Fläschchen gefunden, in der sich noch ein Rest dieser Substanz befand. Es handelt sich dabei nicht um ein gängiges Rauschgift. Offenbar gewinnt man diesen Stoff aus Nachtschattengewächsen. Was können Sie mir dazu sagen?"

Die junge Frau war sichtlich blasser geworden und ihre Finger verknoteten sich ineinander. Deichler war sich sicher, dass sie wusste, wovon er sprach. Statt einer Antwort zuckte sie nur mit den Schultern.

„Frau Zollny, Sie waren mit den beiden Toten in einer Clique. Ich vermute mal, Sie hatten auch Kontakt mit dieser Droge. Zumindest bin ich überzeugt, dass Ihnen bekannt war, dass die beiden dieses Zeug konsumierten." Deichler atmete tief durch, dann wurde er amtlich: „Obwohl Sie, wie ich aus Ihren Angaben weiß, Jura studieren, muss ich Sie rein vorsorglich belehren: Sie können die Aussage verweigern, falls Sie sich dadurch selbst beschuldigen würden."

Sein Gegenüber blieb stumm, die Augen gesenkt. Deichler blätterte wieder in den Akten. „Wir haben auf den Computern der Toten den E-Mail-Verkehr kontrolliert, dabei fanden wir auch Mails zwischen Ihnen und den beiden. In den Mails taucht immer wieder mal die Bezeichnung *Schwestern und Brüder der Nacht* auf. Was hat dies zu bedeuten?"

Die Studentin zuckte leicht zusammen, dann erklärte sie zögernd: „So haben wir unsere Clique genannt. Das war nur so eine Spinnerei, weil wir gerne mal die Nacht durchfeiern."

„Aha, eine Spinnerei", wiederholte Deichler. Er wechselte spontan das Thema.

„Was sagen Ihnen die Namen Christoph Feldmann und Julian Töpfer?"

Anna Zollny hob verwundert den Kopf. Deichler konnte in ihren Augen ein irritiertes Flackern feststellen.

„Warum wollen Sie das wissen?", entgegnete sie. Dabei rieb sie sich mit den Fingern über den Handrücken.

„Beantworten Sie doch bitte einfach nur meine Frage", gab Deichler ruhig zurück.

„Die beiden sind ebenfalls Kommilitonen und gehören zu unserer Clique", sagte sie. Dabei vermied sie es, Deichler direkt anzuschauen.

„Bei dem besagten Mailverkehr hat dieser Christoph Feldmann mehrmals die beiden Toten zu einem Treffen ‚am üblichen Ort' eingeladen. Im Verteiler waren auch Sie aufgeführt. Was ist mit diesem Ort gemeint?"

Anna Zollny bekam schmale Lippen. „Das geht Sie nichts an."

Deichler schlug unvermutet heftig mit der Handfläche auf die Schreibtischplatte. Die junge Frau erschrak heftig.

„Meine liebe Frau Zollny, hören Sie endlich mit diesen Mätzchen auf! Ich habe hier zwei ungeklärte Todesfälle zu untersuchen und Sie können zur Aufklärung beitragen. Es gibt einen Straftatbestand, der heißt Strafvereitelung, wie Sie vielleicht wissen. Der ist auch erfüllt, wenn Personen die Ermittlungsarbeit der Polizei behindern. Sie sind auf dem besten Weg dahin! Also, jetzt raus mit der Sprache: Wo haben Sie sich getroffen und zu welchem Zweck?"

Die Selbstsicherheit der jungen Frau war jetzt sichtlich beeinträchtigt. „Wir … wir haben uns hin und wieder oben auf der Festung getroffen. Christoph hat da den Eingang zu einem geheimen Gang gefunden. Dort sind wir zusammengekommen und haben ein wenig … wie soll ich es nennen, esoterisch herumgesponnen. Alles völlig harmlos."

„Und bei diesen harmlosen esoterischen Treffen haben Sie dann diese Droge konsumiert?"

Anna Zollny schüttelte trotzig den Kopf. „Jetzt sage ich nichts mehr."

Deichler nickte. „Das ist Ihr gutes Recht. Für mich ergibt sich jetzt schon ein wesentlich klareres Bild." Er zögerte kurz, dann ergänzte er: „Leider muss ich Ihnen sagen, dass Christoph Feldmann und Julian Töpfer nicht mehr am Leben sind. Sie wurden heute Morgen tot aus dem Sprungbecken des Dallenbergbades gezogen."

Schockiert riss Anna die Augen auf und starrte Deichler mit offenem Mund an. „Das … das kann nicht sein!", stieß sie schließlich mit schwacher Stimme hervor.

Deichler nickte bestätigend. „Bedauerlicherweise ist das so."

Die junge Frau rang heftig um ihre Fassung. Plötzlich stieß sie einen klagenden Laut aus, sprang auf und rannte zur Tür hinaus. Ehe Deichler sich versah, war sie draußen. Der

Kriminalbeamte eilte ihr hinterher. Auf dem Flur konnte er gerade noch sehen, wie sie um die nächste Ecke des Ganges verschwand.

Sie war ganz offensichtlich von der Eröffnung schwer betroffen. Da hatte eine weitere Befragung sowieso keinen Sinn. Die wichtigsten Punkte waren ja geklärt.

Deichler betrat wieder sein Büro und ließ sich in seinen Bürostuhl fallen. Langsam nahm er die Blätter wieder auf und vertiefte sich in die beiden Gutachten. Als er fertig war, lehnte er sich zurück. Jetzt war er wirklich gespannt, was die Untersuchung der beiden Leichen aus dem Dallenbergbad ergeben würde. Sein kriminalistischer Instinkt sagte ihm, dass da wahrscheinlich ein ähnliches Ergebnis zu erwarten war.

Er griff sich einen anderen Aktenumschlag, der nur ein paar Blätter enthielt. Er entnahm den ersten Bericht der Spurensicherer, die im Dallenbergbad gearbeitet hatten. Daraus ergab sich, dass man an den Sohlen der beiden Toten Erde gesichert hatte, die sich auch auf dem Sprungturm wiederfand. Erde, die es im Bad nicht gab. Außerdem fanden sich auf dem Sprungturm die Abdrücke weiterer Schuhsohlen mit derselben Erde, die aber nicht mit den Abdrücken der Leichen identisch waren. Das sprach dafür, dass die beiden nicht freiwillig gesprungen waren.

Nachdenklich legte Deichler den Umschlag zur Seite. Dabei fiel sein Blick auf die blinkende Kontrollleuchte seines Telefons. Mit einem Knopfdruck machte er die Rufumleitung auf den Anrufbeantworter rückgängig. Er überprüfte die Liste der während der Rufumleitung eingegangenen Anrufe. Als er die Nummer von Erich Rottmann erkannte, runzelte er die Stirn. Was sein ehemaliger Chef wohl wieder von ihm wollte? Er drückte eine Kurzwahltaste. Einen Augenblick später hatte er Rottmann in der Leitung. Warum wunderte es ihn nicht,

114

dass sich Erich Rottmann nach dem bisherigen Ermittlungs-
ergebnis im Fall der Studentin Lena Neudammer erkundigte?

Nach dem Gespräch mit Deichler wählte Rottmann die
Nummer der Eltern von Lena Neudammer und eröffnete
ihnen das traurige Ergebnis seiner Recherchen. Selbst durch
das Telefon war die Intensität der Erschütterung der beiden zu
spüren.

Xaver Marschmann verließ den Aufzug im obersten Stock eines Neubaus in der Seufertstraße im Frauenland und schlenderte gemächlich zu seiner Wohnungstür. Er kam vom Stammtisch im *Maulaffenbäck,* hatte einige Schoppen genossen und seine Probleme für einige Zeit verdrängen können. Es war noch keine vier Monate her, dass er diese Wohnung gemietet hatte. Sie war durchaus komfortabel, besaß einen Balkon, war über einen Aufzug zu erreichen und verfügte über einen Tiefgaragenstellplatz. Was wollte ein alleinstehender Ex-polizist mehr?

Auf dem Heimweg war ihm dieser James Steward nicht aus dem Kopf gegangen. Sollte er ihm näher auf den Zahn fühlen? Er kannte sich. Solange er nicht absolut sicher wusste, dass es den Lächler nicht mehr gab, würde er keine Ruhe finden.

Als Pensionist hatte er Zeit. Vielleicht würde er sich morgen etwas versteckt in die Lobby des *Maritim*-Hotels setzen und einfach warten. Irgendwann musste dieser Steward ja vorbeikommen. Dann würde er sich an seine Fersen heften und ihm so lange folgen, bis er wusste, ob er mit seinem Verdacht Recht hatte.

Marschmann fummelte den Wohnungsschlüssel aus der Hosentasche. Der Schlüssel fuhr ins Schloss. Marschmann öffnete die Tür, schaltete das Flurlicht ein und ging zur

Toilette. Ein Teil der genossenen Schoppen wollte sich verabschieden. Mit dem Rauschen der Spülung verließ er das Klo und betrat das Wohnzimmer. Marschmann betätigte den Lichtschalter.

„Guten Abend, Herr Marschmann!", begrüßte ihn ein schwarz gekleideter Mann, der mit übereinandergeschlagenen Beinen in einem Sessel saß und den Wohnungsbesitzer durch die Augenschlitze einer über den Kopf gezogenen Wollmaske ansah.

„Verdammt, was …?" Marschmann war völlig überrumpelt! Die Pistole, die der Mann in Händen hielt und deren dunkle Mündung direkt auf ihn zeigte, verhinderte allerdings, dass er in irgendeiner Form unüberlegt reagierte.

„Bitte setzen Sie sich doch", verlangte der Mann und wies mit dem Lauf der Waffe auf einen zweiten Sessel, der auf der anderen Seite des Couchtisches stand. Als Marschmann zögerte, erschien plötzlich rechts von ihm, aus dem Dunkel der dort angrenzenden Küche, ein zweiter vermummter Mann. Er schien kleiner zu sein als der Typ im Sessel, hatte allerdings auch eine Pistole in der Hand und winkte ebenfalls in Richtung Sessel.

„Darf ich mal fragen, was das soll? Wie sind Sie überhaupt hier hereingekommen?" Der ehemalige Kripobeamte hatte sich mittlerweile einigermaßen gefangen. Es war klar, dass er gegen diese bewaffneten Männer keine Chance hatte. Folglich setzte er sich in den Sessel.

Sein Gegenüber ließ ein leises Lachen hören. „Aber, lieber Marschmann, diese Frage stellen Sie mir sicher nicht im Ernst. In Ihrer Dienstzeit war es für die Polizei doch auch kein Problem, ein Schloss zu knacken. Zwischenzeitlich haben sich die technischen Möglichkeiten erheblich verbessert. Und wie Sie sicher bemerkt haben, ist die Tür nicht beschädigt."

Der zweite Mann blieb an die Wand gelehnt stehen und ließ ihn keine Sekunde aus den Augen.

„Würden Sie mir vielleicht jetzt freundlicherweise sagen, was das alles soll? Es ist fast Mitternacht und ich bin müde."

Der Unbekannte legte die Waffe auf den Oberschenkel. „Ich fürchte, aus Ihrem Nachtschlaf wird es vorerst nichts. Wir drei werden heute noch einen kleinen Ausflug machen." Er gab seinem Partner ein Zeichen. Der griff in seine Jackentasche und holte ein Paar Handschellen heraus. Mit Schwung warf er die geöffnete Fessel Marschmann in den Schoß.

„Anlegen!", befahl der Mann im Sessel. „Sie werden sich ja noch erinnern, wie das geht."

„Ich denke nicht dran!", gab Marschmann zurück und warf die Handschellen mit einer heftigen Bewegung auf den Couchtisch. Eine dort stehende Porzellanfigur, die einen Schützen mit angeschlagenem Gewehr darstellte, wurde getroffen und fiel zu Boden. Der Arm des Schützen samt Gewehr brach ab. Weder Marschmann noch die Männer schenkten dem Vorfall Aufmerksamkeit.

„Sehen Sie, lieber Marschmann", sagte der Sprecher der beiden, ohne seine Stimme merklich zu heben, „bis jetzt war es doch ein ganz nettes Gespräch mit einer freundlichen Einladung. So sollte es auch bleiben. Wir haben nicht die Absicht, Ihnen Unannehmlichkeiten zu bereiten …, wenn Sie kooperieren. Mein Kollege hier verfügt über Fertigkeiten, die Sie mit Sicherheit davon überzeugen werden, uns keine Schwierigkeiten zu bereiten. Also, seien Sie vernünftig und legen Sie die Dinger an, damit wir uns auf den Weg machen können." Er wies mit dem Pistolenlauf auf die Handfessel. Sein Kollege hatte seine entspannte Haltung aufgegeben und war einen Schritt von der Wand weggetreten. Seine Körpersprache war unmissverständlich.

Marschmann brummte etwas, dann griff er nach der Fessel und ließ sie vor seinem Körper an beiden Handgelenken zuschnappen.

Der Große stand auf. Er überragte seinen Partner deutlich.

„Gehen wir!", befahl er. „Ich muss wohl nicht betonen, dass es Ärger gibt, sollten Sie unterwegs Zicken machen. Wir tragen diese Waffen nicht zur Zierde mit uns herum."

Er ging zur Wohnungstür, öffnete sie und warf einen prüfenden Blick in den Flur. Um diese Uhrzeit war nicht mit Störungen zu rechnen. Bis zum Aufzug waren es nur wenige Meter. Die Kabine stand noch immer auf dem Stockwerk, in dem Marschmann sie verlassen hatte. Wenig später betraten der gefesselte Kriminalbeamte und seine Entführer die Tiefgarage. Die Neonbeleuchtung ging automatisch an.

„Wir nehmen Ihr Auto", erklärte der Große. „Die Schlüssel bitte!" Auffordernd hielt er Marschmann die Hand hin. Durch die Handschellen ein wenig behindert, wühlte der den Autoschlüssel aus der Hosentasche. Sein Kleinwagen stand auf dem Parkplatz Nummer 13. Mit der Fernbedienung öffnete er das Fahrzeug, dann händigte er den Schlüssel aus.

Marschmann war zwar angespannt, hatte aber seine Nerven ganz gut im Griff. Bis jetzt hatte er die Gesichter der Kerle nicht gesehen. Es bestand also eine gewisse Wahrscheinlichkeit, heil aus dieser Sache herauszukommen. Wenn sie ihn umbringen wollten, hätten sie das schon in seiner Wohnung erledigen können.

Unmissverständlich wurde er nun von dem kleineren seiner Entführer aufgefordert, auf dem Rücksitz Platz zu nehmen. Der Große setzte sich ans Steuer, sein Partner ließ sich auf dem Beifahrersitz nieder, drehte sich aber sofort zu Marschmann um. Der Lauf der Waffe zeigte unter der Kopfstütze hindurch auf den Brustkorb des Expolizisten.

Der Anführer zog einen kleinen schwarzen Sack aus der Tasche, entfaltete ihn und reichte ihn Marschmann. „Überziehen!", befahl er knapp.

Marschmann wollte erst protestieren, unterließ es dann aber. Ihm war klar, dass seine Entführer während der Fahrt die Masken abnehmen mussten. Er hätte dann ja ihre Gesichter sehen können, worauf er aus nachvollziehbaren Gründen gerne verzichtete. Er nahm den Sack mit seinen gefesselten Händen und zog ihn sich über den Kopf.

„Hinlegen!", kam nun der Befehl des Größeren. Als Marschmann nicht sofort reagierte, langte der Typ auf dem Beifahrersitz nach hinten und gab ihm einen leichten Schlag mit der Hand gegen den Kopf. „Runter, hat er gesagt ... und du bleibst gefälligst unten, bis wir was anderes sagen!"

Wortlos legte sich Marschmann seitlich auf den Rücksitz. Dann hörte er die metallische Mechanik des hochfahrenden Rolltores der Tiefgarage. Die entsprechende Fernbedienung befand sich am Autoschlüssel. Der Motor des Wagens sprang sofort an und der Typ am Lenkrad steuerte ihn die steile Rampe der Garage hinauf. Kurzer Stopp, dann tickende Blinkergeräusche. Bei der Weiterfahrt wurde er von den Fliehkräften nach rechts gedrückt, also bogen sie nach links ab. Einige Meter weiter ging es dann nach rechts. Marschmann registrierte: Sie befuhren die Erthalstraße in Richtung Sanderrasen. Es folgten mehrere Richtungswechsel, so dass der Gefangene schließlich doch desorientiert war. Während der Fahrt kam es zu zwei kurzen Stopps, vermutlich an roten Ampeln. Nach geschätzten zehn Minuten fuhr der Wagen eine kurze Strecke steil abwärts. Das Motorengeräusch klang dumpfer mit einem gewissen Nachhall. Offenbar befanden sie sich wieder in einer Tiefgarage. Das Fahrzeug hielt an, der Motor verstummte.

„Sie können sich wieder aufrichten", kam die Anweisung des Anführers.

Marschmann richtete sich mühsam auf. Die unbequeme Seitenlage hatte zu Verspannungen der Muskulatur geführt. Seine Wirbelsäule quittierte diese unbequeme Haltung mit stechenden Schmerzsignalen. Er unterdrückte ein Stöhnen. Die Tür ging auf und er wurde aus dem Wagen gezerrt. Sofort schlug ihm eine Geruchsmischung aus Abgasen und Öl entgegen. Seine Vermutung war richtig: eine Tiefgarage.

„Weiter!", kommandierte der Große. Marschmann erhielt einen leichten Stoß in eine bestimmte Richtung. Deutlich spürte er die Mündung einer Waffe in seiner Nierengegend. Da vernahm er vor sich, etwas weiter entfernt, das singende Geräusch eines fahrenden Lifts, dann das leise Zischen einer sich öffnenden Fahrstuhltür.

„Keinen Mucks!", gab der Anführer mit gesenkter Stimme von sich. Marschmann hörte die Stimmen von Menschen, die sich unterhielten. Die Laute verloren sich schnell in der Tiefe des Raumes. Er wurde weitergestoßen. Nach einer kurzen Strecke vernahm er das metallische Geräusch einer sich öffnenden Tür. Der Pistolenlauf drängte ihn weiter.

„Vorsicht, Stufen", erklärte der Anführer, dann begann der Aufstieg. Marschmann vermutete, dass er sich in einem höheren Gebäude befand, seine Entführer aber den Lift mieden und stattdessen das selten begangene Treppenhaus benutzten, da hier die Gefahr der Entdeckung zu dieser Nachtzeit gleich null sein durfte. Marschmann zählte jeweils zehn Stufen zwischen den Treppenabsätzen. Unter dem Stoffsack wurde ihm langsam heiß. Schweißperlen rannen ihm über das Gesicht.

„Los, alter Mann", kam die Aufforderung, „du kannst dich gleich ausruhen."

Zwei Treppenabsätze später musste er stehenbleiben. Er schätzte, dass sie sich im dritten Stockwerk des Gebäudes befanden. Wieder hörte er die Scharniere einer Tür, dann forderte ihn der Lauf der Waffe zu schnelleren Schritten auf. Unter seinen Füßen registrierte er schallschluckende Auslegeware. Ein Geschäftshaus oder ein Hotel, vermutete er. Ehe er weiter darüber nachdenken konnte, hörte er den Schließmechanismus einer Tür. Er wurde weitergeschoben.

„Stehen bleiben!", erklang das Kommando, dann trat Stille ein. Marschmann hörte einige Geräusche, die er nicht einordnen konnte. Er bekam einen Stoß und landete in einem weichen Sitzmöbel. Gleichzeitig wurde ihm die Haube vom Kopf gezogen. Er blinzelte geblendet in eine grelle Deckenbeleuchtung. Als er wieder einigermaßen sehen konnte, erkannte er seine beiden Entführer, die wieder ihre Masken aufgesetzt hatten und einen weiteren Mann, der ihm mit verschränkten Armen in einem Sessel gegenübersaß. Letzterer trug keine Maske. Marschmann erschrak.

„Hallo, Herr Kriminalhauptkommissar Marschmann, oder soll ich lieber Werner Grossmann sagen?" Die Stimme des Mannes klang unangenehm in Marschmanns Ohren.

„Hallo, Ercan Yülan", erwiderte Xaver Marschmann, bemüht, seine Betroffenheit nicht zu zeigen. „Oder wäre Ihnen James Henry Steward lieber?"

„Warum eigentlich so förmlich? Gehen wir doch zum Du über! Es ist mir eine besondere Freude, dich nach so vielen Jahren gesund wiederzusehen. Auch wenn ich befürchte, dass dieser Zustand nicht von langer Dauer sein wird."

Er erhob sich und gab seinen beiden Männern ein Zeichen. Einer holte eine Rolle Klebeband aus einer Reisetasche und kam auf Marschmann zu.

„Ich hätte mich wirklich gerne noch einige Zeit mit dir

über alte Zeiten unterhalten, aber leider fehlt mir im Augenblick dafür die Muße. Geschäfte! Du verstehst?"

Während der Große Marschmann an den Armen festhielt, riss der andere ein Stück Klebeband ab und drückte es Marschmann nachdrücklich auf den Mund.

„Wir müssen dich noch einige Zeit hier verwahren, bevor du an deinen eigentlichen Bestimmungsort gebracht wirst. Es wäre schön, wenn du keinen unnötigen Lärm machst. Sonst müsste ich einen meiner Mitarbeiter hier bitten, mit unerfreulicheren Maßnahmen für Ruhe zu sorgen. Hier im Haus schlafen um diese Zeit viele fleißige Geschäftsleute, die morgen wieder Geld verdienen müssen und daher ausgeschlafen sein wollen. Am besten, du machst ein kleines Nickerchen."

Marschmanns Vermutung war wohl richtig: Offenbar befand er sich in einer Hotelsuite.

Auf Yülans Wink hin packten ihn die beiden Maskierten und zerrten ihn ins Bad.

Egon Stahl saß am frühen Morgen im Arbeitszimmer seiner Wohnung und starrte zum Fenster hinaus. Sein Vorgesetzter hatte ihm gestattet, die durch seine teilweise Reaktivierung notwendigen Maßnahmen von zu Hause aus zu treffen. Die Reaktion seines Vorgesetzten im Landeskriminalamt ging ihm nicht aus dem Kopf. Schon seit zwei Tagen dachte er darüber nach, wie er Marschmann von einer Unüberlegtheit abhalten konnte. Xaver Marschmann war nicht dumm. Wenn er ihn von etwas abhalten wollte, musste er es begründen, sonst würde das den ehemaligen Ermittler in seinen Bestrebungen nur bestärken. Sein Entschluss stand fest: Auch wenn er damit gegen die ausdrückliche Anordnung des LKAs handelte, würde er ihm die Wahrheit sagen.

Gestern hatte er es schon mehrmals telefonisch versucht, war aber nicht zu Marschmann durchgedrungen. Heute nahm er den Telefonhörer schon zum vierten Mal zur Hand und wählte Marschmanns Telefonnummer. Der ehemalige Ermittler stand zwar nicht im Telefonbuch und war auch nicht über das Internet zu finden, aber Stahl hatte seine Möglichkeiten, die Nummer über die örtlichen Polizeibehörden herauszufinden.

Wieder meldete sich nach fünfmaligem Läuten nur die Automatenstimme des Anrufbeantworters. Er schüttelte den

Kopf. Das, was er Marschmann zu sagen hatte, würde er sicher keinem Band anvertrauen. Über den ganzen Tag verteilt probierte er es immer wieder. Ohne Ergebnis. Am späten Nachmittag beschlich Stahl ein ungutes Gefühl. Es war dumm, dass er keine Handynummer hatte. Die hatte er leider trotz aller Beziehungen nicht herausfinden können.

Als es immer später wurde und alle seine Kontaktversuche scheiterten, überlegte er, was er unternehmen konnte. Da erinnerte er sich an das Gespräch mit Marschmann im Café, in dem dieser seine Freundschaft mit dem ehemaligen Leiter der Würzburger Mordkommission, Erich Rottmann, erwähnt hatte. Vielleicht konnte ihm Rottmann helfen, an Marschmann heranzukommen.

Stahl setzte sich an seinen Computer und rief ein elektronisches Telefonbuch auf. Nach zwei Sekunden erhielt er einen Treffer. Schnell notierte er sich die Verbindungsnummer, dann schnappte er sich das Telefon und wählte.

„Rottmann", erklang nach dem dritten Läuten eine sonore Stimme aus dem Hörer. Stahl räusperte sich, dann stellte er sich als ehemaliger Kollege aus dem Landeskriminalamt vor und erklärte den Grund seines Anrufs. Sofort hatte er Rottmanns volle Aufmerksamkeit.

„Herr Marschmann ist meines Wissens nach ein guter Bekannter von Ihnen."

Rottmann bestätigte.

„Sie waren doch der Leiter der Mordkommission in Würzburg", fuhr Stahl fort.

Rottmann bejahte erneut, dann meinte er: „Sagen Sie, hatten wir nicht vor Jahren eine kurze Phase der Zusammenarbeit?"

„Richtig", erwiderte Stahl, „das war die Sache Friedrich Gebauer. Eine Mordserie, die dann das Landeskriminalamt übernommen hat. Damals war ich als Chefermittler zuständig."

„Ganz recht", bestätigte Rottmann. „Wie kann ich Ihnen helfen?"

„Was ich Ihnen jetzt sage, ist streng vertraulich. Eigentlich dürfte ich das nicht am Telefon besprechen, aber für ein persönliches Treffen fehlt einfach die Zeit."

„Das ist selbstverständlich. Lassen Sie hören." Rottmanns Ohr verschlang fast den Hörer.

„Ich versuche seit zwei Tagen aus wirklich dringenden Gründen Xaver Marschmann zu erreichen. Er hat mich vor einigen Tagen wegen eines alten Drogenfalls hier in Schweinfurt getroffen. Marschmann war in der Sache vor vielen Jahren für das Landeskriminalamt als verdeckter Ermittler tätig. Ich habe damals die Ermittlungen geleitet. Marschmann hat damals in Ausübung seines Dienstes den Haupttäter schwer angeschossen. Er ist der Auffassung, dass der Verbrecher an den Folgen dieses Schusses verstorben ist ..."

Rottmann unterbrach ihn. „Sie können sich weitere Ausführungen ersparen. Xaver hat mir ausführlich von dem damaligen Einsatz erzählt. Die Tatsache, wenn auch in Notwehr einen Menschen getötet zu haben, muss ihm lange zu schaffen gemacht haben. Er war wohl bei Ihnen, weil er glaubte, diesen Yülan vor kurzem wiedererkannt zu haben. Das hat ihn sehr umgetrieben. Wahrscheinlich wollte er von Ihnen wissen, ob an seinem Verdacht, dass er Yülan möglicherweise gar nicht getötet hatte, irgendetwas dran ist. Was haben Sie ihm gesagt?"

Stahl zögerte einen Moment, dann fuhr er entschlossen fort: „Ich habe ihm erklärt, dass er sich irrt und Yülan damals gestorben ist."

„Das stimmt aber nicht, wie ich vermute", bohrte Rottmann nach.

„Ich habe nach Marschmanns Besuch sofort meine Vorgesetzten kontaktiert. Sie haben mir aus aktuellem Anlass strikt untersagt, Marschmann reinen Wein einzuschenken. Ich sollte nur verhindern, dass er in dieser Sache herumbohrt. Ich befürchte aber, gerade das macht Marschmann im Augenblick. Da kann ich meine Zurückhaltung nicht mehr aufrechterhalten."

„Ich kann ihm seinen Wissensdurst nicht verdenken", wandte Rottmann ein. „Er muss sich doch reichlich verarscht vorkommen!"

„Hören Sie mir zu", drängte Stahl. „Sie werden es gleich verstehen. Es gab damals in dem alten Fall eine Zusammenarbeit mit Interpol, weil die Drogenbande, zu der Yülan als führender Kopf gehörte, auch über die Landesgrenzen hinweg agierte. Es ist tatsächlich so, dass Yülan von Marschmann lebensgefährlich angeschossen wurde. Es ist aber gelungen, ihn zu retten, und man versuchte, ihn umzudrehen. Man versprach ihm Straffreiheit, wenn er uns die Zerschlagung der gesamten Organisation ermöglichte. In Deutschland ist das dank seiner Aussagen auch weitgehend gelungen. Wir haben dann in Würzburg in den Kasematten der Festung Marienberg ein größeres Drogenlabor ausgehoben. Die Bande hatte dort in aller Ruhe ihren Stoff hergestellt. Man hat Yülan dann nach Frankreich gebracht, um auch dort sein Wissen zu nutzen. Während des Transports ist er leider entkommen und untergetaucht. Es ist trotz intensivster Ermittlungen nicht gelungen, des Burschen wieder habhaft zu werden. Vermutlich hat er sich nach Amerika abgesetzt und sein Äußeres mit Hilfe einiger Operationen verändern lassen." Stahl verstummte.

„Das heißt also, Xaver könnte mit seinem Verdacht Recht haben?"

„Leider ja. Es liegt beim Landeskriminalamt ein Amtshilfeersuchen der amerikanischen Drogenermittlungsbehörde Drug Enforcement Administration (DEA) vor. Die Amis haben Anhaltspunkte dafür, dass eine in Amerika agierende Drogenorganisation wegen des starken Verfolgungsdrucks, den die DEA auf sie ausübte, nach Europa ausweichen will. Einer der führenden Köpfe dieser Organisation ist ein Mann mit einer extrem hohen Stimme! Er nennt sich James Steward und ist vor kurzem in die Bundesrepublik eingereist. Den Amerikanern ist es bis jetzt nicht gelungen, dem Kerl eine Straftat nachzuweisen. Der DEA hat es allerdings geschafft, einen Undercoverbeamten in Stewards Nähe zu platzieren. Von ihm wissen wir, dass Steward mit der Errichtung einer Basisstation in Deutschland beauftragt ist. Wie es aussieht, soll er hier in großem Umfang diese gefährliche Designerdroge Crystal Meth herstellen und unter die jungen Leute bringen. Wir müssen dies unter allen Umständen verhindern. Verstehen Sie jetzt, warum ich Marschmann dringend erreichen muss? Er muss unbedingt Ruhe geben!"

Rottmann benötigte einen Moment, um diese Informationen zu verdauen. Schlagartig wurde ihm bewusst, dass sein Schoppenfreund tatsächlich in höchster Gefahr schwebte. Jetzt maß er der Tatsache, dass Marschmann heute früh nicht beim Stammtisch war, eine ganz andere Bedeutung zu.

„Wir haben einen gemeinsamen Stammtisch", erklärte Rottmann seinem Anrufer. „Xaver ist heute dort nicht erschienen. Ich werde auf jeden Fall versuchen, ihn irgendwie zu erreichen, und ihm sagen, dass er Sie anrufen soll."

„Da wäre ich Ihnen sehr dankbar", erwiderte Stahl erleichtert. „Sagen Sie ihm, dass er auf keinen Fall den Kontakt zu der betreffenden Person aufnehmen soll. Das ist im höchsten Maße lebensgefährlich! Außerdem gefährdet es den Ermittlungserfolg und das Leben des Undercoverbeamten.

Dafür muss er einfach Verständnis haben. Nur dass Sie verstehen, wie geheim diese Aktion läuft: Das LKA hat nicht einmal die örtlichen Polizeibehörden informiert."

Rottmann sicherte zu, alles zu unternehmen, um Marschmann zu bremsen. Er versprach, Stahl über das Ergebnis seiner Bemühungen auf dem Laufenden zu halten, dann beendete er das Gespräch. Sofort wählte er die Handynummer seines Stammtischbruders. Nach mehrmaligem Läuten erklärte eine freundliche Frauenstimme, dass der angewählte Gesprächspartner im Augenblick nicht erreichbar sei. Der Exkommissar überlegte einen Augenblick, dann beschloss er, daheim bei Marschmann persönlich vorbeizusehen. Möglicherweise hatte seine Unerreichbarkeit einen ganz harmlosen Grund: Vielleicht lag er krank im Bett und konnte nur nicht ans Telefon gehen. Rottmann war klar, dass er sich mit dieser Überlegung nur beruhigen wollte.

Mit Öchsle im Schlepptau eilte Erich Rottmann von zuhause aus über den Friedrich-Ebert-Ring, die Franz-Ludwig-Straße und die Erthalstraße zur Seufertstraße. Öchsle, für den diese Zielstrebigkeit seines Herrchens ungewohnt war, beeilte sich, ihm zu folgen. Der Rüde spürte die Anspannung seines Menschen und war dadurch auch nervös.

Wenig später standen die beiden vor Marschmanns Wohnung. Rottmann läutete. Als er dies mehrmals erfolglos versucht hatte, klopfte er gegen die Tür und rief: „Hallo Xaver! Hier ist Erich! Hörst du mich? Kannst du nicht an die Tür kommen?"

Offenbar durch die Rufe alarmiert, öffnete sich die Eingangstür der Nachbarwohnung zur Linken. Eine Frau im Morgenmantel spitzte heraus und musterte Rottmann und seinen Hund mit misstrauischer Miene.

„Machen Sie doch nicht so einen Krach! Sie machen ja

das ganze Haus rebellisch! Man kann ja nicht mal in Ruhe fernsehen!"

„Entschuldigen Sie", bemühte sich Rottmann um einen verbindlichen Tonfall. „Ich bin ein Freund von Herrn Marschmann. Mein Name ist Erich Rottmann. Ich war vor zwei Stunden mit ihm verabredet. Nachdem er nicht zum Treffpunkt gekommen ist, habe ich ihn angerufen, aber er ging nicht ans Telefon. Jetzt dachte ich, dass er vielleicht gesundheitliche Probleme hat und Hilfe benötigt. Sie wissen ja, er ist auch nicht mehr der Jüngste." Rottmann sah sie treuherzig an. Diesbezüglich hatte er von Öchsle einiges gelernt.

Die Frau schaute sofort freundlicher. „Ich denke, da müssen Sie sich keine Sorgen machen. Gestern, so um Mitternacht herum, ich habe mir gerade noch einen Thriller im Fernsehen angeschaut, habe ich gehört, wie Herr Marschmann nach Hause gekommen ist. Ich vermute, dass er bei seinem Stammtisch war, wie jeden Tag. Dann habe ich nebenan Stimmen gehört. Wissen Sie, die Wände in diesen modernen Häusern sind nicht sehr schallisoliert."

Rottmann hatte Mühe, der Nachbarin nicht seine Ungeduld zu zeigen. Sie schien völlig vergessen zu haben, dass sie vor wenigen Minuten noch dringend fernsehen wollte.

„Jedenfalls hat es nicht lange gedauert, dann hat drüben etwas gescheppert. Wenig später hörte ich die Wohnungstür zuklappen und der Aufzug lief. Ich habe dann noch schnell durch meinen Türspion gesehen, konnte aber nur erkennen, wie sich die Aufzugtür schloss. Von da an war drüben Ruhe und ich habe auch nicht mitbekommen, dass Herr Marschmann zurückgekommen ist. Das muss aber nicht unbedingt etwas heißen, weil ich eine Schlaftablette genommen und mich ins Bett gelegt hatte. Es war ja schon ein Uhr. Mit meiner Tablette schlafe ich wie ein Stein."

Je länger die Frau sprach, desto angespannter wurde Rottmann. Verzweifelt überlegte er, was er tun sollte. Es sah ganz so aus, als hätte Marschmann in der Nacht Besuch gehabt. Unter Würdigung der Informationen, die ihm zur Verfügung standen, nicht gerade eine beruhigende Auskunft. Er musste irgendwie in die Wohnung schauen.

„Wissen Sie, Xaver ist ein äußerst zuverlässiger Mensch", sagte er. „Normalerweise hätte er mir abgesagt, wenn er die Verabredung nicht einhalten konnte. Ich glaube, ich werde mich an die Hausverwaltung wenden, damit sie vorsichtshalber einmal in der Wohnung nachsieht, ob alles in Ordnung ist."

Die Frau mit Namen Rabe, wie Rottmann zwischenzeitlich dem Namensschild an der Tür entnommen hatte, zögerte einen Augenblick. „Lassen Sie das mal sein. Herr Marschmann hat mir einen Wohnungsschlüssel anvertraut für den Fall, dass er sich einmal aussperren sollte. Ich denke, ich kann es verantworten, dass ich mal einen kurzen Blick hineinwerfe." Sie verschwand in ihrer Wohnung.

Rottmann fiel ein Stein vom Herzen. Zum Glück war die alte Dame ziemlich gutgläubig.

Frau Rabe erschien wieder und schloss ohne viel Federlesens Marschmanns Wohnung auf. „Warten Sie bitte hier." Sie trat ein, dabei rief sie: „Herr Marschmann, sind Sie zuhause?"

Sie betrat den Flur und ging ins angrenzende Schlafzimmer. Rottmann huschte hinter ihr her in den Flur und warf einen Blick ins Wohnzimmer. Sofort entdeckte er die zerbrochene Porzellanfigur, die auf dem Boden lag. Er erschrak.

„Ich habe Ihnen doch gesagt, dass Sie draußen warten sollen!", erklang die verärgerte Stimme von Frau Rabe. „Ich muss Sie doch sehr bitten, die Privatsphäre von Herrn Marschmann zu respektieren!"

„Entschuldigen Sie, aber ich bin wirklich sehr in Sorge."

„Im Schlafzimmer ist er jedenfalls nicht", sagte die Frau verärgert, „und wie Sie sich selbst überzeugen konnten, auch nicht im Wohnzimmer." Sie drängte Rottmann wieder auf den Hausflur hinaus. Dabei warf sie einen Blick in die Küche und ins Bad. „Hier ist er auch nicht." Sie verließ die Wohnung und schloss wieder ab.

Rottmann bedankte sich sehr herzlich bei der Nachbarin, gab ihr seine Handynummer und bat sie, ihn unbedingt anzurufen, wenn Marschmann nach Hause kommen sollte. Frau Rabe versprach es ihm.

Sehr besorgt verließ Rottmann das Stockwerk. Xaver Marschmann hätte niemals seine Wohnung verlassen und diese Figur zerbrochen auf dem Boden liegen lassen. Es handelte sich nämlich um einen Pokal, den Marschmann bei einem dienstlichen Preisschießen mit der Faustfeuerwaffe gewonnen hatte. Für Rottmann stand fest, dass sein Schoppenbruder in der Nacht unliebsamen Besuch gehabt hatte. Wahrscheinlich war es auch zu Handgreiflichkeiten gekommen, wobei vermutlich die Figur zerbrochen war. Offensichtlich hatte man Marschmann mitgenommen. Den Gesamtumständen nach nicht freiwillig. Für ihn war klar, dass der Freund in erheblichen Schwierigkeiten steckte. Ein Fall für Erich Rottmann! Der Exkommissar überlegte einen Augenblick, dann entschloss er sich, noch in der Tiefgarage nachzusehen. Rottmann kannte Marschmanns Wagen, der allerdings nicht auf seinem Platz stand. Das konnte alles Mögliche bedeuten. Das Spektrum reichte von bedeutungslos bis alarmierend.

Den Stammtisch würde er wohl sausen lassen müssen. Rottmann griff zum Handy, rief seinen Schoppenbruder Horst Ritter an und entschuldigte Xaver Marschmann und sich selbst. Ritter wollte natürlich wissen warum, aber Rottmann erklärte ihm, dass er das später erzählen würde. Entschlossen wandte sich Rottmann dann in Richtung Frauenlandplatz. Von dort verkehrte die Buslinie 6 in die Innenstadt. So konnte er einige Zeit einsparen. Rottmann hatte Glück. Er musste nur vier Minuten auf den nächsten Bus warten. Beim Fahrer löste er einen Fahrschein für sich und Öchsle, dann ließ er sich auf einen Platz plumpsen. Der Rüde nahm zu seinen Füßen Platz. An der Juliuspromenade stiegen Herr und Hund aus und Rottmann schlug den Weg in Richtung *Maritim* ein. Er nahm den kürzesten Weg über die Koellikerstraße und den Fußweg entlang der Uni-Zahnklinik. Öchsle hatte fast Mühe, seinem Menschen zu folgen, der die Strecke in ungewohnter Eile zurücklegte. Gut zehn Minuten später betrat er ohne Zögern von der Pleichertorstraße aus die Tiefgarage unter dem Würz- burger Congress-Centrum, wo auch dem *Maritim*-Hotel für seine Gäste ein Kontingent an Parkplätzen zur Verfügung stand. Öchsle hob den Kopf und zog schnüffelnd die öl- und abgasgeschwängerte Luft ein.

„Ich weiß, dass dieser Gestank deine empfindliche Nase beleidigt", brummte Rottmann entschuldigend, „aber es geht leider nicht anders." Im Eiltempo passierte der Exkommissar die Reihen der geparkten Fahrzeuge. Plötzlich blieb Rottmann so abrupt stehen, dass Öchsle nicht rechtzeitig bremsen konnte und ihm in die Waden lief. Auf dem Parkplatz 123 stand ein Kleinwagen mit dem Kennzeichen WÜ-XM 007, Marsch- manns Fahrzeug. Das Kennzeichen war schon des Öfteren Anlass für Spötteleien der Stammtischfreunde gewesen. Aber Xaver hatte sich nicht beirren lassen. Als alter James-Bond- Fan und in Anbetracht seines einstmals ausgeübten Berufs hielt er dieses Kennzeichen für durchaus angemessen.

Rottmann war im Moment allerdings gar nicht nach Scherzen zumute. Er ging zur Motorhaube und legte die Hand darauf. Erwartungsgemäß war sie kalt. Die Sorge um seinen Stammtischbruder legte sich wie ein Felsbrocken auf Rottmanns Gemüt. Jetzt war er sicher, dass sein Freund bis zum Hals in einem riesigen Schlamassel steckte. Er musste dringend telefonieren. Im Parkhaus hatte er kein Netz. Hastig eilte er nach draußen. Dort wählte er die Nummer von Egon Stahl. Aber trotz mehrmaliger Versuche ging der ehemalige LKA-Mann nicht ans Telefon. Fieberhaft überlegte Rottmann, was er jetzt unternehmen konnte, um seinem Schoppenbruder zu helfen.

Das sprudelnde Geräusch der Whirlpoolbadewanne wirkte auf Elvira Stark leicht einschläfernd. Diese geräumige Badewanne mit dem belebenden Sprudeleinsatz hatte sie sich nach einer überraschenden Erbschaft in das große Badezimmer ihrer Eigentumswohnung einbauen lassen. Die Wanne war so geräumig, dass zwei gestandene Unterfranken bequem darin Platz finden konnten. Bei dieser Planung hatte sie durchaus konkrete Verstellungen gehabt, wer irgendwann mit ihr in dieser Oase der Erholung sitzen sollte.

Elvira ergriff ein am Wannenrand abgestelltes Weinglas. Sie nahm einen genussvollen Schluck des gut gekühlten Aperol Spritz, den sie sich vor dem Bad eingeschenkt hatte. Ein Getränk, das bei den herrschenden heißen Temperaturen sehr erfrischend war und nicht gleich so vehement zu Kopf stieg wie ein Schoppen. Es war ungemein erholsam, sich am Abend vor dem Zubettgehen den Luxus eines solchen Badeerlebnisses zu gönnen.

Das Subjekt ihrer Gedanken hatte sich seit der Urkundenverleihung im Trausaal nicht mehr blicken lassen. Sonst war sie ihm wenigstens auf der Straße mal begegnet, wenn er mit dem Hund Gassi ging, aber auch das hatte in der letzten Zeit nicht mehr stattgefunden. Wahrscheinlich war Rottmann wieder einmal in einen Kriminalfall verstrickt. Sie drehte an der

Warmwasserarmatur und erhöhte die Temperatur. Wohlig seufzend ließ sie sich entspannt nach hinten sinken und schloss die Augen. Der Badezusatz mit ausgeprägtem Rosenaroma erfüllte mit seinem Duft das ganze Badezimmer. Sie stellte sich vor, wie Rottmann neben ihr in der Wanne saß und sich einen kühlen Silvaner gönnte. Wie praktisch wäre es, wenn sie sich gegenseitig den Rücken schrubben könnten. Stattdessen musste man sich als Single mit solchen Geräten behelfen, wie sie es am Wannenrand liegen hatte. Sie seufzte, dann griff sie nach der langstieligen Bürste, mit deren Hilfe man auch an das Single-Dreieck reichte, die Stelle am Rücken, wo die Hände nicht hinreichten.

Zwanzig Minuten später verließ sie entspannt und bester Laune das Badezimmer. Gerade als sie mit dem Eincremen fertig war, ertönte die Türklingel.

Nanu, dachte sie, wer konnte das zu dieser späten Stunde noch sein? Sie zog sich ihren Bademantel über, schlüpfte in die Badeschlappen und eilte zur Tür. Hoffentlich war nichts passiert! Sie hob den Hörer der Gegensprechanlage ab.

„Ja bitte?"

„Guten Abend, Elvira, hier ist Erich. Entschuldige bitte, dass ich dich so spät noch störe, aber ich müsste dich kurz mal sprechen."

„Komm rauf", erwiderte sie und drückte den Türöffner. Schnell hastete sie ins Schlafzimmer, riss sich den Bademantel vom Leib, schlüpfte eilig in Unterwäsche und zog einen Jogginganzug über. Mit den Fingern richtete sie notdürftig ihre Frisur, als es auch schon an die Wohnungstür klopfte. Rottmann musste die Treppe ins oberste Stockwerk in Rekordzeit geschafft haben. Sie öffnete. Außer Atem stand Erich Rottmann vor der Tür. Ganz im Gegensatz zu Öchsle, der völlig entspannt war und sie freudig schwanzwedelnd begrüßte.

„Kommt herein", bat Elvira. Mit der Hand wies sie ins Wohnzimmer. „Nimm Platz." Sie hatte Rottmanns ernste Miene gesehen. „Kann ich dir einen Schoppen anbieten?"

Erich Rottmann winkte ab. „Nein, danke."

Jetzt gab es für Elvira keinen Zweifel mehr. Es stimmte tatsächlich etwas nicht.

Rottmann ließ sich schwer in einen Sessel fallen. „Es tut mir leid, Elvira, aber ich habe ein ziemliches Problem."

Elvira Stark war voller Aufmerksamkeit. „Wie kann ich dir helfen?"

„Ja weißt du, ich benötige dringend eine Frau!"

„Waaas benötigst du?", dehnte Elvira. Mit dieser Aussage hatte sie wirklich nicht gerechnet. Dieser Erich Rottmann war doch immer für eine Überraschung gut. Jetzt erst merkte Rottmann, dass er sich wohl missverständlich ausgedrückt hatte.

„Ähhh, um Gottes willen, Elvira, nicht was du vielleicht denkst!", beeilte er sich hastig, den Irrtum aufzuklären. Er holte tief Luft und erklärte Elvira Stark in groben Zügen sein Problem, ohne seine Verschwiegenheit zu brechen.

„Wenn ich das richtig verstehe", fasste Elvira Rottmanns konfus klingende Erklärung zusammen, „willst du, dass ich mit dir zusammen ein Hotelzimmer im *Maritim* beziehe, weil du einen Hotelgast überwachen willst, der womöglich Xaver Marschmann entführt hat."

Rottmann nickte. „Genau so!"

„Und was soll ich dabei machen?"

Rottmann räusperte sich. „Ich muss irgendwie herausfinden, ob sich Xaver wirklich in den Händen von diesem Steward befindet. Sein Auto steht jedenfalls in der Tiefgarage. Wir müssten es irgendwie schaffen, einen Blick in das Zimmer von Steward werfen zu können. Ich habe mir überlegt, dass du deine Arbeitskleidung vom Rathaus mitnimmst und dich irgendwie als Zimmerservice ausgibst. Dabei kannst du doch einen Blick ins Zimmer werfen und vielleicht etwas entdecken, was uns nähere Informationen verschafft. Das ist natürlich noch alles ziemlich unausgegoren. Wir müssen unser Vorgehen dann flexibel vor Ort festlegen."

„Also grundsätzlich bin ich natürlich gerne bereit, dir zu helfen", gab Elvira zurück. „Aber mir scheint die Sache nicht ungefährlich zu sein. Ich kann doch nicht einfach eine Kittelschürze anziehen und in ein Zimmer reinmarschieren."

„Das ist sicher richtig", erwiderte Rottmann. „Wie gesagt werden wir das vor Ort entscheiden. Wenn ich sicher bin, dass Marschmann dort festgehalten wird, werde ich Stahl informieren, damit er die nötigen Maßnahmen ergreift."

„Also, wenn du meinst. Du bist der Spezialist. Ich gehe mal davon aus, dass ich mir morgen frei nehmen muss?"

Rottmann nickte. „Da wäre ich dir sehr dankbar. Ich werde dann morgen früh gleich anrufen und ein Doppelzimmer reservieren. Du hast doch kein Problem damit?"

Elvira Stark hatte große Mühe, sich ein Lächeln zu verkneifen. Erich Rottmann fragte sie, ob sie ein Problem damit hatte, mit ihm in ein Doppelzimmer zu gehen! Wo gab's denn so was? Der gute Erich übersah völlig, dass er eigentlich die Bremse für derartige zwischenmenschliche Unternehmungen war. Sie beeilte sich, dies zu verneinen, ohne dabei eine Miene zu verziehen.

Erich Rottmann erhob sich. „Dann einstweilen danke schön. Ich rufe dich an, wenn ich das Zimmer reserviert habe."

Elvira Stark brachte Rottmann zur Tür. Als er gegangen war, stand sie noch eine ganze Weile im Flur und sah sinnierend vor sich hin. Bei vernünftiger Betrachtungsweise hatte sie sich da auf ein ganz schönes Abenteuer eingelassen. Hoffentlich ging nichts schief. Sie ging in die Küche und goss sich ein Glas Wein ein. Mit diesem Schlummertrunk setzte sie sich vor den Fernseher. Es dauerte eine ganze Weile, bis sie sich so weit beruhigt hatte, dass sie sich zu Bett legen konnte. Während der Schlaf über sie kam, galt ihr letzter Gedanke Erich Rottmann und einem Doppelzimmer im *Maritim*-Hotel.

Xaver Marschmann lag in voller Montur, an Händen und Füßen mit Metallfesseln zusammengebunden, in der Badewanne von Yülans alias James Stewards Suite. Die Verbindungskette der Handschellen war durch die Wannenarmatur oberhalb seines Kopfes hindurchgeführt, so dass er sich nicht aufrichten konnte. Es gab kein Fenster und das Licht war ausgeschaltet. Innerlich kochte er vor Wut. Deutlich stand jede Sequenz der Szene vor seinem geistigen Auge, als Steward sich ihm als Yülan zu erkennen gegeben hatte.

„Xaver Marschmann, der große Undercoveragent! Ich fürchte, mit dir ist wirklich nicht mehr viel los. Sonst hättest du doch merken müssen, dass meine Männer dir seit Tagen folgen. Ich jedenfalls habe dich sofort bemerkt, als du mich verfolgt hast." Yülans Eunuchenstimme troff vor Hohn. „Ich habe zwar ein Treffen mit einem alten Bekannten nicht eingeplant, aber wir werden dieses Problem schon lösen."

Marschmann hatte sich mühsam zurückhalten müssen, um diesem schmierigen Typen nicht ins Gesicht zu springen. Er gab sich keiner Illusion hin. Er wäre nicht weit gekommen. Wütend zerrte er an der Handfessel. Wie ein blutiger Anfänger war er in die Falle getappt, die ihm diese Burschen gestellt hatten. Sein derzeitiger Umstand zwang ihn zu einer traurigen Selbsterkenntnis: Er war für solche Eskapaden einfach zu alt.

Mittlerweile musste es fast drei Uhr morgens sein. Was hatte Steward mit ihm vor? Offenbar war er hier in Würzburg, um irgendwelche illegalen Geschäfte über die Bühne zu bringen. Etwas anderes konnte er sich bei Yülan auch gar nicht vorstellen.

In diesem Augenblick ging die Badezimmertür auf und einer der Maskierten trat ein. Wortlos schaltete er die Deckenbeleuchtung ein. Xaver Marschmann schloss geblendet die Augen. Der Typ baute sich vor Marschmann auf und sah auf ihn herab. Die Pistole steckte im Hosenbund. Er schob eine Hand in die Hosentasche und holte einen kleinen Schlüssel heraus. „Wir brechen jetzt auf", erklärte er knapp und beugte sich nach vorne, um die Handschellen zu öffnen. „Dass das klar ist, keine Mätzchen, sonst …" Der Rest des Satzes blieb unvollendet. Eine Erläuterung war auch nicht erforderlich. Nachdem er Marschmann von der Wannenarmatur gelöst hatte, schloss er dessen Hände wieder vor dem Körper zusammen, öffnete die Fußfessel und riss das Klebeband vom Mund.

„Los, raus aus der Wanne, du hast dich lange genug ausgeruht!" Er zog Marschmann an der Handkette hart in die Höhe. Dem ehemaligen Kripomann wurde schwindelig, als er sich so plötzlich aus der Horizontalen aufrichten musste. Der Kerl schob ihn vor sich her in den Wohnraum. Dort saß der Größere der Maskierten und blickte ihm entgegen. Yülan war nicht zu sehen.

„Schau nach, ob der Weg frei ist", gab er seinem Kumpel eine Anweisung, „insbesondere im Treppenhaus."

Der Mann hinter Marschmann gab diesem einen leichten Stoß in den Raum hinein, dann schloss er sein Jackett und verließ die Suite.

„Was habt ihr mit mir vor?"

„Das wird der Boss entscheiden", gab der Maskierte knapp

zurück. „Wir machen jetzt einen kleinen Ausflug. Zieh dir die Kopfhaube über. Es wird alles ohne Stress ablaufen, wenn du kooperierst." Er warf Marschmann die bekannte Haube zu. Dem Expolizisten war klar, dass er im Augenblick keine Möglichkeit hatte, seine Lage zu seinen Gunsten zu verändern. Mit einem Ruck zog er sich den Sack über. Sofort versank seine Welt wieder in Finsternis.

Es dauerte nicht lange, dann hörte er, wie sich die Apartmenttür öffnete.

„Wir können", hörte er die Stimme des anderen Entführers. „Die Luft ist rein."

Xaver Marschmann fühlte sich am Arm gepackt und in eine bestimmte Richtung geschoben. Gleich darauf fühlte er am Untergrund und am Hall ihrer Schritte, dass sie wieder im Treppenhaus waren. Abwärts war es wesentlich schwieriger, sich die Stufen hinunterzutasten, deshalb führten sie ihn. Er fühlte sich erschöpft. Der Stress der Entführung, Müdigkeit und die Sorge um sein Schicksal begannen an ihm zu nagen.

Als er wieder die benzingeschwängerte Atmosphäre der Tiefgarage bemerkte, wurde er abrupt angehalten. Der Schließmechanismus einer Autotür drang an sein Ohr.

„Einsteigen!", kam da auch schon das Kommando. Man schob ihn auf den Rücksitz eines Wagens. Es war eindeutig nicht sein Auto. Es war geräumiger und der Einstieg höher. Ein Van oder dergleichen, vermutete Marschmann.

Das Fahrzeug fuhr los. Nach der Rampe der Ausfahrt bog der Wagen nach links ab.

Sie kamen zügig voran. Nach einigen Minuten Fahrt ging es bergauf, dann um einige Kurven, schließlich ratterte unter den Reifen Kopfsteinpflaster. Endlich stoppte der Wagen, der Motor wurde ausgemacht und der Wagenschlag auf seiner Seite geöffnet.

„Aussteigen!", kam das Kommando und Marschmann schwang mühsam die Füße nach draußen. Schlagende Autotüren, der Verschlussmechanismus, dann wurde Marschmann vorangeschoben. Wenig später stolperte er.

„Verdammt!", fluchte er. „Hat das nicht bald ein Ende?"

„Vielleicht früher, als dir lieb ist", gab einer der Männer zurück. „Jetzt halt die Klappe. Wir sind gleich da."

Marschmann fühlte eine frische Brise, die selbst durch den Stoff seiner Kopfhaube drang. Dann wurde er plötzlich angehalten. Er hörte das Klappern eines Schlüssels, dann das leise Quietschen einer Tür. Vorwärtsgeschoben, fühlte er übergangslos Kühle. Es roch feucht und muffig. Fast hatte er das Gefühl, in einem Keller zu sein.

„Du kannst die Haube jetzt abnehmen", erklärte einer seiner Entführer. Marschmann zog den Stoff von seinem Kopf. Er befand sich in einer Art Gang, der von einer Taschenlampe erleuchtet wurde, die einer der Männer in der Hand hielt. Die beiden waren wieder maskiert.

„Weiter", forderte der Anführer und wies tiefer in den Gang hinein, wo das Lampenlicht nicht hinreichte. Sie passierten Abzweigungen. Es war nicht auszumachen, wo der Weg hinführte.

Als sie eine Krümmung des Ganges hinter sich gelassen hatten, sah Marschmann vor sich, seitlich aus einem Durchgang kommend, einen hellen Lichtschein. Er wurde durch einen Kunststoffvorhang gedämpft, der den Einlass verschloss. Trotz seiner prekären Situation empfand der Expolizist nun doch so etwas wie Neugierde. Einen Augenblick später, als seine Begleiter den Vorhang zur Seite schoben, wurde das Rätsel gelöst.

„Hallo, lieber Marschmann", empfing ihn Yülan, „willkommen in meinem Reich!" Er amüsierte sich sichtlich über das betroffene Gesicht Marschmanns. Er befand sich am Eingang eines geräumigen Gewölbes, das sich offensichtlich in einem alten Keller befand. Dies beschränkte sich jedoch nur auf die Wände und den festgestampften Fußboden. Im Übrigen wurde der Raum mit mobilen Neonleuchten erhellt, die ihren Strom von einem Aggregat bezogen, das im Hintergrund leise brummte. Mitten im Raum standen mehrere Edelstahltische, auf denen Apparaturen eines chemischen Labors aufgebaut waren. Auf dem Boden standen noch einige Kisten. Zwei Männer in weißen Mänteln waren gerade dabei, sie auszupacken. Ein dritter in normaler Kleidung, mit einem Revolver im Gürtel, war dabei behilflich.

Yülan warf sichtlich stolze Blicke auf die Ausrüstung. „Das hier wird das größte Labor für die Herstellung von synthetischen Drogen nördlich des Weißwurst-Äquators. Hier in den Katakomben der Festung Marienberg, verborgen unter der Erde und vor allen Dingen völlig mietfrei." Sein Lachen tat in den Ohren weh. „Hier werden wir Crystal Meth und andere feine Sachen herstellen. Die Zukunft gehört der Chemie und du bist der Erste, der dieses Labor bewundern darf."

Marschmann war wie erschlagen. Der Mann war völlig wahnsinnig!

„Das wirst du nicht schaffen!", stieß er heiser hervor. „Sie werden dir schnell auf die Schliche kommen."

Yülan winkte ab. „Da mache dir mal keine Sorgen. Du wirst uns auf jeden Fall nicht wieder verpfeifen." Seine Züge verzogen sich unvermittelt zu einer hasserfüllten Fratze. „Schafft ihn weg!", bellte er.

Der Große und der unbekannte Bewaffnete zerrten ihn in den dunklen Gang zurück. Im Licht der Taschenlampe führten sie ihn tiefer in den Berg hinein. Marschmann hatte keine Ahnung, wo er sich befand. Seine beiden Bewacher schienen sich allerdings auszukennen. Wenig später erreichten sie einen anderen Raum, einen Gewölbekeller wie der andere zuvor. Schnell fesselten sie ihm die Hände nach hinten und die Füße, dann warfen sie ihn auf den Boden und verklebten seinen Mund mit Klebeband. Der zweite Mann beugte sich über ihn und rüttelte prüfend an den Handschellen. Dabei spürte der Expolizist eine schwache Berührung an seiner Gesäßtasche.

„Viel Spaß!", wünschte der Anführer zynisch, dann drehten sich die beiden um und gingen. Sekunden später war das Licht der Taschenlampe verschwunden. Xaver Marschmann war in der absoluten Finsternis alleine. Die Feuchtigkeit des Lehmbodens drang schnell durch seine Kleidung und er fror. Sie hätten ihm wenigstens das Klebeband ersparen können. Erschöpft ließ er den Kopf zu Boden sinken. War das hier seine Endstation? Da fiel ihm die Berührung an seiner Gesäßtasche ein. Er wusste nicht, ob diese zufällig gewesen war oder etwas zu bedeuten hatte. Er drehte sich so, dass er sich mit seinen gefesselten Händen in die Tasche greifen konnte. Ihn durchfuhr ein freudiger Schrecken, als er einen kleinen metallischen Gegenstand ertasten konnte. Vorsichtig zog er ihn mit den Fingern heraus. Es war eindeutig ein kleiner Schlüssel. Was hatte das zu bedeuten? Mit den Fingerkuppen ertastete er das Schloss seiner Handfessel und schob den Schlüssel hinein. Er passte! Eine Umdrehung und der Sperrriegel der Fessel an der linken Hand sprang auf. Schnell befreite er auch seine andere Hand. Ebenso verfuhr er mit der Fußfessel. Mit einem Ruck riss er sich das Klebeband vom Mund. Erleichtert atmete er mit geöffnetem Mund durch. Zunächst war er einen Augenblick lang nur dankbar, dass er sich aus seiner misslichen Lage befreien konnte. Er steckte die Fesseln und den Schlüssel in die Hosentasche. Vielleicht konnte er sie noch einmal brauchen.

Er versuchte, seine Situation nüchtern zu analysieren. Was hatte diese Hilfe von einem der Gangster zu bedeuten? Er konnte sich nur vorstellen, dass es ein Mitglied der Bande gab, das Skrupel bekommen hatte, weil Yülan ihn, Marschmann, offensichtlich bei lebendigem Leibe hier verrotten lassen wollte. Das wäre eindeutig Mord. Nicht jeder Drogengangster wollte mit einem derartigen Kapitalverbrechen in Verbindung gebracht werden. Falls die Bande aufflog, konnte der Betreffende bei Gericht seine Hilfeleistung strafmildernd ins Feld führen.

Xaver Marschmann erhob sich. Jetzt war er zwar frei von seinen Fesseln, aber deswegen fand er noch lange nicht aus diesen Kasematten heraus. Da er keinen alternativen Weg ins Freie kannte, musste er an dem Gewölbe vorbei, in dem Yülans Männer arbeiteten. Eine beinahe unlösbare Aufgabe, da er in dieser absoluten Finsternis völlig blind war. Er rief sich den Weg in Erinnerung, den ihn die beiden Bandenmitglieder bis hierher geschleppt hatten. Wenn er nicht die richtige Abzweigung erwischte, konnte er ewig hier herumirren, ohne einen Ausgang zu finden. Sein Handy hatten sie ihm natürlich abgenommen. Aber hier im Untergrund der Festung hätte er wahrscheinlich sowieso kein Netz gehabt.

Mit ausgestreckten Händen tastete er sich durch den Raum in die Richtung, wo er den Eingang zu diesem Gewölbe vermutete. Wenig später stieß er gegen das feuchte Gemäuer. Jetzt konnte er sich wenigstens daran entlangtasten. Völlig orientierungslos entschied er sich ganz einfach für eine Richtung. Da der Raum, soweit er im Schein der Taschenlampe gesehen hatte, rechteckig war, musste er früher oder später auf den Durchlass stoßen. Tatsächlich griffen seine Hände nach einer ihm schier endlos erscheinenden Zeitspanne ins Leere. Der Ausgang. Er tastete sich hindurch. Schnell stieß er gegenüber an eine Wand. Das war der Gang. Marschmann konzentrierte sich: Als er hierhergebracht wurde, waren die Kerle nach rechts in das Gewölbe abgebogen. Er musste sich jetzt also nach links wenden. Schritt für Schritt tastete er sich an der Wand entlang.

Sofort nach ihrer Vernehmung griff Anna Zollny zum Smartphone und verschickte mehrere SMS. Die übrigen *Schwestern und Brüder der Nacht* mussten sich unbedingt treffen. Wahrscheinlich wussten sie noch nicht, dass Christoph und Julian tot aufgefunden worden waren. Diese Mitteilung des Kripobeamten hatte sie völlig aus der Fassung gebracht. Sie mochte Christoph sehr, auch wenn sie es ihm nicht so deutlich zeigte. Dass er und Julian umgekommen waren, war einfach entsetzlich!

Bei aller Trauer und Erschütterung gab es doch einen Teil in ihrem Gehirn, der ihr sagte: „Anna, zwinge dich zu rationalem Denken!" Es war dringend erforderlich, dass sie ihre Aussagen bei der Polizei absprachen. Die Fragen des Kriminalbeamten bei ihrer Vernehmung wiesen darauf hin, dass er die *Schwestern und Brüder der Nacht* mit dem Tod der beiden in Verbindung brachte. Zu viel stand für jeden von ihnen auf dem Spiel. Als angehende Juristin hatte sie sich schon vor längerer Zeit informiert. Die Droge, die Christoph für sie zusammengebraut hatte, fiel nach ihren Recherchen nicht unter das Betäubungsmittelgesetz, war jedoch nach dem Arzneimittelgesetz strafbar. Das war aber eine rein akademische Frage. Wenn sie Ärger mit der Polizei oder dem Gericht bekam, konnte das ihre ganze zukünftige Laufbahn negativ beeinflussen. An den Stress, den sie mit ihren Eltern bekommen würde, durfte sie gar nicht denken.

Sie trafen sich um 19 Uhr im Außenbereich des *Enchilada,* eines mexikanischen Restaurants in der Karmelitenstraße: Leonie Mäuser, BWL, Jule Roemer, Lehramt, Anton Töpfer, Medizin, und Stephen Kulch, Biologie.

Natürlich wunderten sich alle, dass Anna und nicht Christoph sie zusammengerufen hatte. Anna Zollny bat um etwas Geduld und rief die Kellnerin. Nachdem sich alle mit Getränken versorgt hatten, ergriff Anna das Wort und kam gleich zum Thema. „Ich habe euch eine schrecklich traurige Nachricht mitzuteilen." Vier Augenpaare fixierten sie. „Ihr habt euch gewundert, warum Christoph und Julian nicht hier sind." Sie musste eine Pause machen, weil sie mit ihrer Erschütterung kämpfte. „Ich war heute früh bei der Polizei, weil ich eine Vorladung erhalten habe, da ich zum Tod von Ralf und Lena eine Aussage machen sollte. Dabei eröffnete mir der Kriminalbeamte, dass man Christoph und Julian gestern tot aus dem Schwimmbecken des Dallenbergbades gezogen hat."

Die Mienen der vier jungen Leute reichten von Entsetzen bis zu völliger Verständnislosigkeit.

Anton Töpfer fasste sich zuerst. „Wie kann das sein? Die beiden konnten doch schwimmen."

Anna zuckte mit den Schultern. „Die Polizei hat das Blut von Ralf und Lena untersuchen lassen. Dabei haben sie unseren Stoff gefunden. Sie haben auch den E-Mail-Verkehr der beiden überprüft. In diesem Zusammenhang sind sie auf die *Schwestern und Brüder* gestoßen. Natürlich haben sie alle unsere Namen gefunden und wissen jetzt auch, wo wir uns immer getroffen haben."

„Hast du ihnen das gesteckt?" Stephen sah sie mit zusammengekniffenen Augen an.

„Du hast leicht reden! Der Typ von der Kripo hat mich ziemlich in die Mangel genommen. Ich hatte keine Ahnung, was er schon wusste. Wenn ich vor der Polizei bewusst die Unwahrheit sage und sie merken das, mache ich mich doch erst recht verdächtig. Ich kann euch sagen: Das war eine verdammt beschissene Situation! Und zum Schluss hat er mir dann noch so nebenbei das vom Tod von Christoph und Julian gesagt. Da war bei mir der Ofen aus. Ich bin dann ganz einfach abgehauen." Sie schwieg und nahm einen Schluck von ihrer Cola.

„Mist!", fluchte Anton. „Deswegen habe ich also eine Vorladung bekommen, weil sie die Mails der beiden gelesen haben. Ihr auch?" Er sah die anderen an. Alle nickten. „Verdammt, wenn ich Ärger mit dem Gesetz bekomme, kann ich mein Studium knicken. Wer nimmt schon einen Arzt, der wegen Drogenkonsums vorbestraft ist."

„Deshalb ist es wichtig, dass wir uns absprechen", ergriff Anna wieder das Wort. „Ein bisschen kann ich euch beruhigen. Der Stoff, den Christoph zusammengebraut hat, ist keine Droge im strafrechtlichen Sinne. Er fällt aber unter das Arzneimittelgesetz. Wir müssten uns halt einig sein, dass Christoph das Zeug hergestellt hat und wir es lediglich hin und wieder konsumiert haben."

Leonie verzog angewidert das Gesicht. „Sagt mal, was seid ihr denn für Typen? Nur weil ihr eure Haut retten wollt, schiebt ihr alles auf Christoph? Dabei haben wir ihn doch alle immer wieder gedrängt, uns den Stoff zu besorgen."

Anton zuckte mit den Schultern. „Christoph ist tot. Gegen ihn können sie nichts mehr unternehmen. Ich habe keine Lust, mir wegen ein bisschen Spaß mein ganzes Leben versauen zu lassen. Von mir aus geht Annas Vorschlag in Ordnung."

Sie diskutierten noch einige Zeit hin und her. Schließlich

einigten sie sich trotz einiger Bedenken darauf, einheitlich auszusagen, so wie Anna es ihnen empfohlen hatte.

Nach und nach verabschiedeten sie sich voneinander. Sie verabredeten, sich sofort gegenseitig zu verständigen, insbesondere, wenn es durch die Vernehmungen neue Entwicklungen gab. Anna und Anton waren die Letzten der Clique, die noch sitzengeblieben waren.

Anton drehte sein Weizenbierglas nachdenklich in der Hand, schließlich sah er Anna prüfend an: „Hast du der Polizei gesagt, dass wir *Schwestern und Brüder* uns am Vorabend vor Christophs und Julians Tod oben treffen wollten?" Er wies mit dem Daumen über den Rücken in Richtung Festung Marienberg.

Die junge Frau schüttelte den Kopf und Anton ergänzte: „Wir kamen doch nicht mehr durch die Tür, weil das Schloss ausgetauscht war. Wir sind doch dann wieder abgezogen. Wir dachten, dass die für die Festungsanlage zuständige Behörde das Schloss ausgewechselt hat. Langsam habe ich das Gefühl, da steckt etwas anderes dahinter."

Anna zuckte resigniert mit den Schultern. „Ich habe keine Ahnung. Für mich jedenfalls sind die *Schwestern und Brüder* Geschichte."

Die beiden tranken ihre Gläser leer, dann verabschiedeten sie sich voneinander. Anton schnappte sich sein Fahrrad, das er am Fischerbrunnen schräg gegenüber abgestellt hatte. Langsam schob er das Rad in Richtung Alte Mainbrücke. Als er die Brücke erreicht hatte, blieb er nachdenklich stehen und sah hinauf zu den trutzigen Mauern der beeindruckenden Festungsanlage, die mit Scheinwerfern angestrahlt wurde. In seinem Kopf keimte ein Gedanke. Er wusste, dass Christoph die historischen Aufzeichnungen, die er aus dem Mainfränkischen Museum hatte mitgehen lassen und denen er das

Rezept für den Hexentrank entnommen hatte, eingeschlagen in eine Plastikfolie an ihrem Treffpunkt aufbewahrte. Ihm war bekannt, dass das Büchlein auch historische Rezepte für Kräutermedizin enthielt. Anton war an der Naturheilmedizin sehr interessiert und hatte sich schon seit langem vorgenommen, später einmal, als niedergelassener Arzt, sich auch mit der homöopathischen Kräutermedizin zu beschäftigen. Nachdem Christoph das Buch nichts mehr nützen konnte, wäre es doch eine Dummheit, diese Aufzeichnungen verrotten zu lassen. Das wäre sicher auch in Christophs Sinn gewesen. Zuhause im Keller besaß er eine Metallsäge. Das neue Schloss am Zugang sollte ihm keinen nennenswerten Widerstand leisten. Nachdenklich schwang er sich aufs Rad und fuhr los. Heute kam er nicht mehr dazu, aber spätestens in der nächsten Nacht würde er sein Vorhaben in die Tat umsetzen.

*

Xaver Marschmann stand in der absoluten Dunkelheit und hielt einen Moment lang inne. Dieses zentimeterweise Vorantasten strengte sehr an. Trotz der Kühle stand ihm der Schweiß auf der Stirn. Immer wieder sprach er sich Mut zu. Xaver, du hast schon schlimmer in der Scheiße gesteckt und bist heil herausgekommen, ging es ihm durch den Kopf. Durch die Anstrengung bekam er Durst. Es war schon einige Zeit her, dass er das letzte Mal etwas getrunken hatte. Eine Waffe wäre jetzt auch nicht schlecht. Etwas, womit er sich wehren konnte, wenn es erforderlich war. Nach kurzer Verschnaufpause schlurfte er weiter. Er hatte keine Ahnung, wie viel Zeit vergangen war, seitdem er hier eingesperrt worden war. Zwar trug er noch seine Armbanduhr, aber ohne Leuchtziffernblatt nützte sie ihm hier gar nichts.

Unvermutet war die Wand, an der sich entlangtastete, zu Ende. Marschmann blieb stehen. Das musste die Abzweigung sein. Unschlüssig überlegte er. Angestrengt versuchte er in seinem Kopf einen Plan von dem ihm bekannten Gang abzurufen. Wenn er sich nicht sehr täuschte, musste er nun rechtsherum gehen. Er atmete tief durch. Diese Entscheidung konnte ihm keiner abnehmen. Er würde dem ausgewählten Weg ein Stück folgen. Wenn er nach einer gewissen Zeitspanne nicht das Labor erreichte, würde er wieder umdrehen und den anderen Gang einschlagen. Marschmann hoffte nur, dass seine Kräfte mitmachten. Er zwang sich weiter.

Gerade entschloss er sich, wieder umzukehren, als es ihm beim nächsten Schritt plötzlich die Füße wegzog. Er stieß einen heiseren Schrei aus. Der Gang war hier abrupt zu Ende. Ehe er sichs versah, stürzte er haltlos eine Schräge hinunter. Sekunden später traf ihn ein harter Schlag gegen den Kopf und er wurde ohnmächtig.

Kurz entschlossen rief Erich Rottmann noch in derselben Nacht im *Maritim* an und buchte für sich und Elvira für den nächsten Tag ein Doppelzimmer. Da das Hotel fast ausgebucht war, musste er in den sauren Apfel beißen und ein Superior-Doppelzimmer akzeptieren. Obwohl Rottmann nicht vorhatte, dort zu übernachten, verlangte er auf Rückfrage zwei Einzelbetten. Er wollte nicht riskieren, dass Elvira auf dumme Gedanken kam. Da er vorgab, vormittags einen Termin zu haben, durften sie entgegenkommenderweise das Zimmer schon ab 11 Uhr beziehen. Selbstverständlich hatte er auch für Öchsle gebucht.

Elvira stand um halb elf mit einem chicen blumigen Sommerkleid bekleidet und mit einem kleinen Trolley in der Hand vor dem Haus und wartete auf Rottmann. Dieser hatte sich entschlossen, zu diesem Anlass eine frische Cordhose und einen relativ neuen Lodenjanker anzuziehen, dazu trug er ein weißes Hemd. Mit einem schmerzlichen Seufzen legte er seine Rauchutensilien auf den Wohnzimmertisch. Das gebuchte Hotelzimmer war nur für Nichtraucher reservierbar. Rottmann trug eine kleine Reisetasche, die hauptsächlich Öchsles Napf sowie sein Futter enthielt.

Längere Zeit war Rottmann vor seinem Kleiderschrank gestanden und hatte auf den Schuhkarton gestarrt, der hinter den aufgestapelten Hemden hervorsah. Er enthielt seine kleine Derringerpistole, die er legal besaß. Rottmann war kein Freund von Schusswaffen, aber gelegentlich benötigte man sie eben zum Selbstschutz. Wenn er Stahls Informationen berücksichtigte, war die Aktion, die er gerade startete, nicht ganz ungefährlich. Kurzentschlossen holte er die kleine Waffe heraus und steckte sie ungeladen in seine Hosentasche. Ein paar Patronen schob er in seine Lodenjacke.

Etwas später stießen Herr und Hund zu Elvira, die schon ungeduldig wartete. „Auf wann hast du das Taxi bestellt?"

„Wieso Taxi?", wunderte sich Rottmann. „Bis zum *Maritim* sind es doch zu Fuß nur ein paar Minuten."

„Also Erich, du glaubst doch nicht, dass ich dieses Rolldings durch die halbe Stadt ziehe." Energisch griff sie in ihre Handtasche und holte ihr Handy heraus. „Du kannst ja gerne laufen, wenn du willst." Die Telefonnummer der Taxivermittlung hatte sie eingespeichert.

Rottmann brummte etwas Unverständliches in seinen Bart. Fünf Minuten später war das Taxi da. Öchsle setzte sich zwischen die Beine von Rottmann, der auf dem Beifahrersitz Platz genommen hatte. Als Rottmann „Maritim" als Zieladresse nannte, sah ihn der Fahrer von der Seite her an.

„In welcher Stadt?"

„Scherzbold", gab Rottmann knapp zurück.

„Na, hier in Würzburg selbstverständlich", kam es freundlich vom Rücksitz.

Der Taxifahrer nickte nur und dachte sich seinen Teil. In seinem Job hatte er sich das Wundern schon lange abgewöhnt.

Erich Rottmann ließ den Fahrpreis großzügig auf fünf Euro aufgehen, nachdem der Fahrer das Gepäck des lustigen Pärchens vor dem Haupteingang des *Maritims* ausgeladen hatte.

Nachdem er noch leicht ironisch „einen schönen Aufenthalt in Würzburg" gewünscht hatte, ließ er sich hinter sein Lenkrad fallen und düste davon. Noch ein paar derart lukrative Fahrten und ich kann in Rente gehen, dachte er ironisch.

Elvira und Erich betraten die Lobby des Hotels.

„Du kannst hier warten", sagte Rottmann und wies auf eine Ledercouch, „ich erledige schnell die Formalitäten." Dann ging er zum Empfang. Das Anmeldeformular stellte ihn vor neue Herausforderungen. Er konnte ja schlecht seine Würzburger Adresse angeben, weil das bei der Empfangsdame sicher Verwunderung ausgelöst hätte. Also gab er seinen richtigen Namen, aber eine erfundene Adresse in Nürnberg an. Hoffentlich fragte sie ihn nicht nach seinem Personalausweis! Obwohl sich ihm der Kugelschreiber sträubte, kreuzte er bei Begleitperson Ehefrau an. Elvira würde dieses Formular ja Gott sei Dank nie zu Gesicht bekommen. Die Dame hinter dem Tresen händigte ihm zwei Chipkarten aus und wünschte ihnen einen angenehmen Aufenthalt.

„Wir haben Zimmer 215", erklärte Rottmann knapp und schlug den Weg zum Aufzug ein. Elvira folgte ihm wortlos.

Die weichen Läufer des Flures schluckten alle Geräusche ihres rollenden Gepäcks. Ihr Zimmer lag nur wenige Meter vom Aufzug entfernt. Elvira wunderte sich, wie leer und verlassen ein Hotelflur wirken konnte, obwohl sie sicher war, dass in den angrenzenden Zimmern zahlreiche Menschen wohnten. Lediglich am Ende des langen Ganges war der Reinigungswagen eines dienstbaren Geistes zu sehen.

Der Raum war hell, großzügig bemessen und empfing die neuen Gäste mit einem schönen Blick auf den Main und die Festung.

„Sehr schöne Aussicht", stellte Elvira fest und musterte die komfortable Einrichtung. „Hier könnte man es ein paar Tage

aushalten. Erich, da hast du dich ja richtig in Unkosten ge-
stürzt."

„Ja, ja, da war halt nichts anderes mehr frei", gab Rottmann
zerstreut zurück. Ihn plagten jetzt andere Gedanken.

Öchsle machte sich zwischenzeitlich schnüffelnd mit den
Räumlichkeiten vertraut.

„Und wie soll's jetzt weitergehen?", wollte Elvira wissen. Sie
stellte ihren Trolley in eine Ecke und ließ sich in einen der
beiden bequemen Ledersessel fallen.

„Dieser Steward, um den es geht, wohnt nach meinen
Informationen in Zimmer 312, also ein Stockwerk höher. Wir
müssten irgendwie herausfinden, ob Marschmann in dieser
Suite festgehalten wird."

Elvira erhob sich wieder, legte ihren Trolley auf ein hierfür
bestimmtes Gestell neben der Garderobe und öffnete ihn.

„Ich schätze, jetzt kommt die hier zum Einsatz." Sie hob
eine blaue Kittelschürze in die Höhe.

„Und wie willst du das anstellen?", fragte Rottmann.

„Anscheinend ist um diese Uhrzeit im ganzen Haus der
Zimmerservice am Werk. Da wird es kaum auffallen, wenn
eine Servicekraft mehr oder weniger auf den Fluren herum-
läuft. Ich werde mich an eine der Kolleginnen wenden und so
tun, als würde ich hier ein paar Tage zur Probe arbeiten, weil
ich mich auf eine Stelle beworben habe. Ich sage einfach, sie
soll mich einweisen. Das ist sicher unverfänglich. So sollte es
mir irgendwie möglich sein, einen Blick in das Zimmer 312 zu
werfen. Ich werde mich ganz einfach ein wenig dumm stellen.
Sollte mir ja nicht schwerfallen." Sie grinste.

Erich Rottmann war noch nicht ganz überzeugt, sah aber
im Augenblick auch keine andere Lösungsmöglichkeit. „Sei
bloß nicht leichtsinnig und riskiere nichts. Diese Typen sind
brandgefährlich!"

157

„Ich pass schon auf", gab Elvira zurück. Sie freute sich über Rottmanns Sorge. Ganz gleichgültig schien sie ihm also nicht zu sein. Elvira eilte ins Bad und zog sich bis auf die Unterwäsche aus. Statt eines Kleides trug sie jetzt die Kittelschürze. Aus der einen Tasche der Schürze hing ein Staublappen und aus der anderen spitzten ein Paar gelbe Gummihandschuhe. Mehr wäre zu auffällig gewesen, denn die Kräfte des Zimmerservice hatten ihre Reinigungsutensilien auf einem fahrbaren Putzwagen, ähnlich dem, den sie ihm Rathaus verwendete. Ihre halbhohen Pumps tauschte sie gegen ein Paar Sportschuhe, dann trat sie aus dem Bad.

„Na, was sagst du?"

Erich Rottmann musterte sie kritisch, dann nickte er. „Das könnte gehen. Du darfst aber nicht zu dick auftragen. Sobald es riskant wird, brichst du ab, verstanden?"

Elvira versprach ihm hoch und heilig, vorsichtig zu sein, dann ging sie zur Tür. Sie öffnete und warf einen vorsichtigen Blick nach draußen. Der Wagen der Reinigungskraft, den sie beim Betreten des Zimmers auf dem Flur gesehen hatten, war verschwunden. Der Gang war menschenleer.

Rottmann stand dicht hinter ihr. „Benutze du die Treppe. Ich fahre mit dem Lift nach oben. Auch wenn du mich nicht siehst, werde ich hinter der nächsten Flurecke in deiner Nähe sein."

Elvira wollte etwas entgegnen, wurde aber schon von Rottmann auf den Gang hinausgeschoben. Sie winkte knapp und wandte sich in Richtung Treppenhaus.

„Öchsle, du bist schön brav", ermahnte er den Rüden kurz, dann schloss er die Tür, eilte zum Lift und drückte den Rufknopf des Aufzugs. Rottmann verspürte Nervosität. Jetzt fehlte ihm seine Pfeife.

Elvira betrat das dritte Stockwerk und warf einen prüfenden Blick nach beiden Seiten. Sie konnte gerade noch sehen, wie Rottmann ein Stück entfernt um die nächste Ecke verschwand. Sie studierte die Nummern auf den Zimmertüren. Das Zimmer 312 lag ein kleines Stück weiter links. Rechter Hand, einige Türen weiter, stand ein Reinigungswagen. Der Raum war weit geöffnet, auf dem Boden vor dem Wagen lagen benutzte Bettlaken. Im Inneren hörte man das Rauschen eines Staubsaugers. Elvira zögerte nicht länger und trat näher.

Ihr Anklopfen wurde vom Staubsauger übertönt. Das Gerät bediente eine Frau mittleren Alters, die gerade unter dem Doppelbett saugte. Sie trug ein weißes Poloshirt mit dem Emblem des *Maritim*-Hotels. Elvira trat in ihr Gesichtsfeld und winkte. Erstaunt richtete sich die Frau auf und trat mit dem Fuß auf den Ausschaltknopf. Das Geräusch erstarb.

„Hallo, ich bin die Neue, mein Name ist Elvira." Sie ging auf die Frau zu und reichte ihr die Hand. „Nun, das mit der ‚Neuen' stimmt nicht ganz. Ich habe mich als Reinigungskraft beworben und soll heute Probe arbeiten."

„Ich heiße Natascha", kam es zögerlich zurück. Verwundert musterte sie die Frau in der hier unüblichen Kittelschürze. „Ich weiß nichts davon. Die Hausdame hat davon nichts gesagt."

Sie machte auf Elvira einen schüchternen Eindruck. Ihr Deutsch war zwar weitgehend fehlerfrei, jedoch war deutlich ein harter östlicher Akzent herauszuhören.

Elvira dachte, Frechheit siegt. „Die Hausdame hat mir gesagt, ich soll im Zimmer 312 anfangen. Das ist doch da vorne. Kann ich deinen Wagen mitbenutzen?"

Natascha schüttelte verwundert den Kopf. „Die Suite 312 habe ich schon fertig. Die drei Gäste haben bereits gestern am späten Abend ausgecheckt."

Elvira nahm diese Information mit Betroffenheit zur Kenntnis. Was würde Rottmann dazu sagen? „Also, da scheint organisatorisch einiges durcheinandergeraten zu sein. Ich glaube, ich werde noch mal bei der Hausdame nachfragen." Natascha nickte. Sie war froh, diese komische Neue wieder los zu sein. Sie hatte ihre Zimmer in einer festgesetzten Zeit abzuarbeiten und keine Lust, sich von einer Anfängerin aufhalten zu lassen. Elvira winkte und wandte sich wieder der Treppe zu. Sie war sicher, Rottmann würde ihr Verhalten sehen. Tatsächlich. Kaum war sie wieder in ihrem gemeinsamen Zimmer gelandet, als das Türschloss surrte und der Exkommissar eintrat.

„Was ist los? Warum bist du wieder hier? Ist etwas schiefgelaufen?" Ausnahmsweise ignorierte er Öchsles Begrüßung.

„Die Vögel sind ausgeflogen. Gestern Abend haben sie ausgecheckt. 312 ist eine Suite. Laut Natascha haben dort drei Personen gewohnt."

„Verdammter Mist!", schimpfte Rottmann und ließ sich in einen der Sessel fallen. „Wir sind zu spät gekommen!"

„Scheint so. Und was jetzt?"

Erich Rottmann sprang wieder auf. „Ich werde noch mal runter in die Tiefgarage schauen, ob Marschmanns Auto noch da ist. Falls dies zutrifft, haben sie ihn mitgenommen."

Rottmann verließ das Zimmer und fuhr mit dem Aufzug in die Tiefgarage. Eilig hastete er zum Stellplatz. Marschmanns Pkw stand noch da. Rottmann machte kehrt. Erwartungsvoll sah ihm Elvira entgegen.

„Sie haben Xaver offensichtlich verschleppt!" Er kramte sein Mobiltelefon aus der Jackentasche. „Ich muss dringend mit Stahl sprechen, damit er etwas unternimmt. Ich fürchte, die Sache läuft total aus dem Ruder."

Elvira hatte Erich Rottmann noch nie so besorgt gesehen.

Schon nach einmaligem Läuten hatte Rottmann Stahl am

Telefon. Konzentriert schilderte er dem LKA-Mann die derzeitige Lage. „Nach den Gesamtumständen befindet sich Marschmann in den Händen dieser Bande. Ich habe aber keine Ahnung, wo die sich aufhalten könnte."

„Ich nehme an, Marschmann hat ein Mobiltelefon", kam es nach kurzer Pause aus dem Hörer. „Können Sie mir die Nummer geben? Ich werde versuchen, eine Peilung durchführen zu lassen. Dazu muss es allerdings eingeschaltet sein."

„Wenn sie ihn in ihrer Gewalt haben, lassen sie ihm doch nicht das Telefon."

„Das kann schon sein, aber selbst wenn sie es ihm abgenommen haben, kann es geortet werden, was zumindest Hinweise auf seinen Aufenthaltsort liefern kann. Einen Versuch ist es jedenfalls wert."

„Na gut", brummte Rottmann und nahm sein Mobiltelefon aus der Tasche. Schnell diktierte er Stahl Marschmanns Nummer.

„Bleiben Sie, wo Sie sind, und warten Sie auf weitere Anweisungen von mir", gab Stahl knapp zurück. „Bitte keine Eigenmächtigkeiten! Ich werde machen, was ich kann, darauf können Sie sich verlassen." Damit war das Gespräch beendet.

Rottmann schob sein Handy wieder in die Hosentasche. „Wir sollen hier warten. Er ruft wieder an", gab er Elvira Auskunft. „Ich hasse es, warten zu müssen!", schimpfte er und nahm seine unruhige Wanderung durch das Hotelzimmer wieder auf.

Es dauerte mehr als zwei Stunden, bis das Telefon läutete.

„Ja bitte!", schrie er fast in das Gerät.

Es war Stahl. „Zunächst die gute Nachricht: Marschmanns Mobiltelefon war eingeschaltet und wir konnten es mit Hilfe einer Kreuzpeilung orten."

„Und wo ist er?", drängelte Rottmann. Für einen Moment hielt er den Atem an.

„Die Peilung hat ergeben, dass sich das Mobiltelefon in Würzburg auf der Festung Marienberg befindet. Irgendwo dort oberhalb der Weinberge. Das muss aber nicht heißen, dass sich auch Xaver Marschmann an dieser Stelle befindet."

„Haben Sie nicht gesagt, Yülan hatte damals in den Kasematten der Burg ein Drogenlabor unterhalten? Wäre es nicht denkbar, dass er wieder diesen Weg beschreitet? Auf die Idee, dort eine Drogenküche zu suchen, kommt doch normalerweise kein Mensch!"

„Wir hatten vor ein paar Tagen Kontakt zu dem Agenten der DEA, der an Yülan dran ist. Er hat uns bestätigt, dass Yülan auf der Suche nach einem Platz ist, wo er eine Basis einrichten kann."

„Ja, alles schön und gut." Rottmann wurde ungeduldig. „Aber wie holen wir Marschmann jetzt raus?"

„Mein Gott, Rottmann, wir benötigen mehr Fakten! Ich kann doch nicht auf einen vagen Verdacht hin ein Sondereinsatzkommando nach Würzburg schicken."

„Nein, das können Sie natürlich nicht", gab Rottmann ironisch zurück. „Immer schön nach Vorschrift!" Er atmete tief durch. „Können Sie mir wenigstens den Plan faxen, in dem der Schnittpunkt der Peilung eingetragen ist."

Stahl zögerte kurz: „Was wollen Sie tun?"

„Was schon? Nachsehen natürlich! Und da lass ich mich nicht von abbringen. Hier ist die Faxnummer des Hotels." Er las sie von einem Prospekt des Hotels ab. Nachdem er sie diktiert hatte, fasste er sich kurz. „Sie hören wieder von mir." Dann legte er auf.

Elvira musterte Erich Rottmann aufmerksam. „Es läuft nicht so gut?"

„Ach, diese verdammten Bürokraten", schimpfte er mit erhobener Stimme. „Wenn Xaver tot ist, nützt ihm das SEK auch nichts mehr." Er griff nach seiner Lodenjacke und zog sie an. „Ich werde mir jetzt das Fax holen und dann fahre ich mal hoch zur Festung. Ich kann nicht untätig hier herumsitzen."

„Ich würde dich gerne begleiten."

„Elvira, das ist gefährlich. Du kannst ja auschecken und nach Hause gehen. Aber vielen Dank für dein Angebot."

Sie runzelte die Stirn. „Erich Rottmann, häng jetzt bloß nicht den Macho raus. Ich bin nicht aus Porzellan. Wenn du dich da auf der Burg umsehen willst, ist es für einen eventuellen Beobachter sicher viel unverdächtiger, wenn er ein ganz normales Touristenpaar mit Hund sieht." Fast hätte sie Touristenehepaar gesagt, konnte es sich aber im letzten Augenblick verkneifen. Sie wollte Rottmann nicht unnötig verärgern.

Der Exkommissar atmete tief durch. Er hatte jetzt wirklich keinen Geist, sich auf irgendwelche Diskussionen einzulassen. Außerdem hatte Elvira nicht ganz Unrecht.

„Also gut. Aber beeil dich, mir brennt die Zeit unter den Nägeln!"

„Von mir aus kann's losgehen", erwiderte sie und wies auf ihren gepackten Trolley.

Erich Rottmann ließ sich am Empfang das Fax aushändigen und zahlte die Zimmerrechnung. Die erstaunte Frage des Portiers, ob es dem Ehepaar Rottmann in ihrem Hause nicht gefallen hätte, beantwortete Rottmann mit einer nichtssagenden Ausrede. Sie bestiegen ein vor dem Hotel wartendes Taxi und ließen sich in die Rosengasse fahren, wo sie schnell das Gepäck in Elviras Wohnung deponierten. Anschließend steuerte der Taxifahrer die Festung an.

Dort angekommen, studierte Rottmann den gefaxten Plan.

Die Stelle, wo man Marschmanns Handy geortet hatte, war mit einem Kreuz markiert.

„Wir müssen hier entlang. Die Ortung liegt im Bereich der äußeren Befestigungsmauer, oberhalb der Weinberge."

„Also los", sagte Elvira und hängte sich kurz entschlossen bei Erich Rottmann ein. Rottmanns erstaunten Blick kommentierte sie mit: „Touristenpaar mit Hund, das die Festung besichtigt. Haben wir das nicht gesagt?" Wortlos fügte er sich.

„Dieser Weinbergweg muss es sein", stellte Rottmann nach einer Viertelstunde Fußmarsch fest. Sie folgten dem äußeren Festungswall oberhalb der Rebhänge. Von der wunderbaren Sicht auf Würzburg nahmen die beiden keine Notiz. Die Befestigung zog sich in weitem Bogen um die Burg herum. Der Weg lief direkt an der Mauer entlang. Plötzlich blieb Öchsle stehen und sicherte nach vorne. Erich Rottmann und Elvira konnten den Weg nur etwa achtzig Meter weit einsehen, dann verschwand er hinter einer Kurve.

„Vielleicht ist da vorne jemand", stellte Elvira fest. Unwillkürlich hatte sie ihre Stimme gesenkt. Sie drückte ihren Oberkörper fester an Rottmanns Arm. Der Exkommissar ging wortlos weiter. Tatsächlich entdeckten sie ein Stück weiter am Rande des Weinbergs einen Mann mittleren Alters mit dunklem Vollbart auf einem Hocker sitzen, der eine Malerstaffelei vor sich stehen hatte.

„Nur ein Maler", stellte Elvira fest und entspannte sich wieder. Erich Rottmann gab nur ein Brummen von sich, verlangsamte aber ihr Schritttempo. Gemütlich schlenderten sie weiter. Öchsle ließ sich durch das entspannte Verhalten seines Menschen nicht täuschen. Er spürte die innere Erregung seines Herrchens und blieb entsprechend wachsam.

Mit einem freundlichen „Grüß Gott!" passierten sie den einsamen Maler, der ihren Gruß mit einem halblauten „Hello" beantwortete, aber kaum den Blick von seinem Bild nahm. Das war, wie Elvira bemerkte, schon weitgehend fertig.

Öchsle näherte sich dem Mann und schnupperte an einem Holzkasten herum, in dem sich Farbtuben befanden.

„Hey, no, go away!", rief der Maler und wedelte mit den Händen herum, um Öchsle zu vertreiben.

Rottmann stieß einen Pfiff aus und Öchsle kam angetrabt. „Entschuldigung", sagte er zu dem Mann, der sich wortlos wieder seinem Bild zuwandte.

Als sie außer Hörweite waren, meinte Rottmann mit gedämpfter Stimme: „Hast du das gesehen? Wenn das ein echter Maler ist, werde ich der nächste Papst."

„Wieso? Das Aquarell sah doch ganz gut aus."

„Genau das ist es ja", gab Rottmann zurück. „Seit wann malt man Aquarelle mit Ölfarben? Hast du nicht die Mischpalette in seiner Hand gesehen? In dem Holzkasten befanden sich außerdem Tuben mit Ölfarbe."

Elvira musste zugeben, dass ihr das nicht aufgefallen war. „Was hat das zu bedeuten?"

„Na, das liegt doch auf der Hand. Siehst du da vorne die massive Holztür in der Mauer? Wir sind hier garantiert an der richtigen Stelle. Dieser sogenannte Maler ist bestimmt ein Aufpasser. Er sprach englisch. Das passt ins Bild."

Öchsle war ein Stück vorausgelaufen und schnüffelte sehr interessiert an einem Abfalleimer herum, der neben dem Tor befestigt war. Dabei gab er ein leises Winseln von sich. Rottmann war wie elektrisiert.

„Pass auf, Elvira, wir machen jetzt Folgendes: Wir bleiben vor dem Tor stehen und tun so, als würden wir es genauer betrachten. Dabei stellst du dich so, dass du mich ein Stück weit verdeckst. Der Typ darf nicht sehen, dass ich im Abfallkorb herumwühle."

„Das verstehe ich nicht", gab Elvira verwundert zurück.

„Frag nicht, mach einfach, was ich dir sage", drängelte Rottmann und steuerte langsam das Tor an. Wie gewünscht stellte sich Elvira so, dass der Maler aller Voraussicht nach nicht alle Bewegungen Rottmanns sehen konnte, dabei studierte sie eingehend das Holz der Tür. Mit einer schnellen Bewegung steckte Rottmann seinen linken Arm in den Papierkorb und wühlte blind darin herum. Es befand sich nur wenig Papiermüll darin. Als seine Finger einen harten Gegenstand ertasteten, hätte er vor Freude fast gejubelt. Eine Sekunde später hielt er ein Handy in der Hand und ließ es blitzschnell in seine Jackentasche gleiten. Der Maler hatte zwar kurz herübergesehen, sich dann aber wieder seinem Bild zugewandt.

„Weitergehen!", kommandierte Rottmann und zog Elvira mit sich. Als sie der Krümmung des Weges so weit gefolgt waren, dass sie außer Sicht des Mannes waren, griff Rottmann in seine Jackentasche. Mit triumphierender Miene zeigte er ein Mobiltelefon. „Na wer sagt's denn", freute er sich. „Ich wette um jeden Betrag, dass das hier Xavers Handy ist. Genau hier wurde es angepeilt. Auf Öchsles Nase ist halt Verlass."

Rottmann löste die Tastensperre, die nicht mit einem Kennwort gesichert war, und öffnete das Adressverzeichnis. Alle Stammtischbrüder waren mit ihren Kontaktnummern aufgelistet. Es war also tatsächlich das Mobiltelefon des Schoppenfreundes.

„Wie kommt das denn in diesen Papierkorb?", wunderte sich Elvira.

„Da wollte uns jemand aus dem Umfeld von Yülan einen Hinweis geben. Vermutlich war es der in die Bande eingeschleuste Undercoveragent. Xaver wird hier im Berg hinter dieser Tür gefangengehalten. Darauf verwette ich meinen Kopf! Jetzt muss Stahl handeln!"

Der vermeintliche Maler hatte die Aktion am Papierkorb sehr wohl zur Kenntnis genommen. Mit zufriedener Miene registrierte er, dass das Handy gefunden worden war.

Elvira und Erich eilten ein Stück weiter, dann zog Rottmann sein Handy aus der Tasche und wählte Stahls Nummer. Der LKA-Mann hörte wortlos Rottmanns Bericht an, dann traf er eine Entscheidung.

„Sie sehen zu, dass Sie von dort wegkommen. Unternehmen Sie auf keinen Fall etwas auf eigene Faust. Ich werde gegen Abend mit einem Sondereinsatzkommando nach Würzburg kommen. Wir warten die Nacht ab, dann greifen wir in den frühen Morgenstunden zu. Bleiben Sie erreichbar!"

Erich Rottmann atmete tief durch. Endlich geschah etwas! Hoffentlich hielt sein Freund noch solange durch. Wenn er noch am Leben war … Ein Gedanke, den Rottmann schnell wieder verdrängte.

Elvira und er nahmen den nächsten Linienbus, der von der Festung hinunter in die Stadt fuhr.

Als Xaver Marschmann zu sich kam, fühlte er schreckliche Kälte und einen fürchterlich pochenden Schmerz im Kopf. Nur ganz langsam kam die Erinnerung. Diese absolute Dunkelheit machte ihn noch wahnsinnig. Stöhnend griff er sich an den Schädel. Er musste nicht lange überlegen, was die klebrige Flüssigkeit in seinem Gesicht bedeutete. Es war sein Blut. Bei seinem Sturz musste er sich heftig den Schädel angeschlagen haben. Langsam bewegte er seine Gliedmaßen. Es tat ihm zwar jeder Knochen weh, aber gebrochen hatte er sich offenbar nichts. Tastend versuchte er seine nähere Umgebung zu ergründen. Er lag auf einer steinigen Schräge. Es sah so aus, als wäre hier der Boden des Gangs einfach eingebrochen. Jedenfalls war ihm jetzt klar, dass er den falschen Weg eingeschlagen hatte. Ächzend versuchte er, sich in eine sitzende Position zu bringen. Schlagartig wurde ihm schwindelig und es schwanden ihm erneut die Sinne.

Irgendwann kam er wieder zu sich. Wie lange er weggetreten war, wusste er nicht. An seinem Befinden hatte sich nichts geändert. Noch immer tobte sein Schädel und er fror elendig. Irgendwie musste er aus diesem Loch herauskommen, sonst würde er hier sterben, dessen war er sich mit nüchterner Klarheit bewusst. Er nahm all seine Energie zusammen und drehte sich auf den Bauch. Der Durst war nicht mehr zu ignorieren. Das ließ darauf schließen, dass er geraume Zeit ohne Bewusstsein gewesen war. Langsam begann er auf der Schräge nach oben zu kriechen. Auch wenn die teilweise spitzen Steine in seinen gequälten Körper stachen, gaben sie ihm ein wenig Halt. Ungefähr zwei Meter hatte er gerade mal geschafft, als er erneut die Besinnung verlor.

Xaver Marschmann hatte keine Ahnung, dass mittlerweile fast zwanzig Stunden verstrichen waren, als er mit letzter Energie den unversehrten Boden des Ganges erreicht hatte. Zwischendurch hatte er immer wieder Phasen der Schwäche und der Besinnungslosigkeit erlitten. Keuchend kroch er ein Stück von der Schräge weg, dann lehnte er sich gegen die Felswand. Er konnte wirklich nicht mehr. Seine Glieder waren fast gefühllos vor Kälte. Der einzige Vorteil bestand darin, dass er dadurch die Schmerzen in seinen Gliedmaßen weniger spürte. Müdigkeit kroch in all seine Knochen und sein erschöpftes Hirn flüsterte ihm zu, doch ein wenig zu schlafen. Doch die Angst, nicht mehr aufzuwachen, war stärker und aktivierte seinen Lebenswillen.

Irgendwann versuchte er auf die Beine zu kommen. Dies gelang erst nach mehreren Versuchen. Jetzt wusste er wenigstens, in welche Richtung er gehen musste. Für diese Erkenntnis hatte er einen hohen Preis gezahlt.

Nach einer langen Zeitspanne, die ihm wie eine Ewigkeit vorgekommen war, und nach vielen Pausen glaubte er irgendwo in der Finsternis einen Lichtschimmer zu erkennen. Wie es aussah, näherte er sich endlich dem Drogenlabor, dessen Licht schwach in den Gang fiel. Durch seinen Körper ging ein Energieschub. Jetzt wurde es gefährlich! Er hatte keine Ahnung, ob sich Yülan und seine Männer im Augenblick dort aufhielten. Ihm war klar, dass seit seiner Flucht viel Zeit verstrichen war. Wenn er Glück hatte, arbeiteten dort im Augenblick nur die beiden Laboranten. Vermutlich Spezialisten für die Herstellung synthetischer Drogen, die Yülan angeworben hatte, die aber mit hoher Wahrscheinlichkeit nicht gefährlich waren. Marschmann war klar, dass er, wenn er wieder geschnappt wurde, seinen heimlichen Helfer extrem gefährden würde. Offenbar hatten sie bisher noch nichts von seiner Befreiung bemerkt. Die Polizei musste unbedingt erfahren, was hier in den Eingeweiden der Festung Marienberg geschah.

Adrenalin schoss in seine Adern und ließ ihn für den Moment seine Schmerzen vergessen. Undeutlich konnte er Stimmen hören. Es schienen tatsächlich nur zwei Männer zu sein, die sich in einer ihm unbekannten Sprache unterhielten. Marschmann verstand jedenfalls kein Wort. Vorsichtig passierte er den hellen Vorhang. Er hielt die Luft an. Langsam näherte er sich dem Ausgang. Falls jetzt jemand hereinkam, war er geliefert! Wenn es nur nicht so verdammt finster wäre, dachte er und tastete die Tür ab. Es musste doch eine Möglichkeit geben, sie auch von innen zu verschließen. Da fühlte er einen Draht, der in einen Haken eingehängt war. Einfach, aber funktional. Plötzlich hörte er auch von draußen Stimmen. Marschmann bekam Panik. Er musste hier weg! Hastig eilte er wieder an dem Vorhang vorbei in die Dunkelheit. Als er hörte, wie die Tür geöffnet wurde, warf er sich zu Boden.

$\star$

Es war kurz vor Mitternacht. Ein günstiger Zeitpunkt, sein Vorhaben in die Tat umzusetzen, dachte sich Anton Töpfer. Um diese Zeit war wohl niemand mehr auf der Festung Marienberg. Er packte die Metallsäge in den Korb seines Fahrrads und fuhr los. Als geübter Radfahrer bereitete es ihm keine große Mühe, den Festungsberg zu erklimmen. Er machte sich auch keine Sorgen, bei seinem Vorhaben in irgendeiner Form

Schwierigkeiten zu bekommen. Zwanzig Minuten später bog er in den Oberen Burgweg ein. Kurz darauf wurde er von den Stößen des historischen Kopfsteinpflasters durchgerüttelt.

Wenig später stand er vor dem Eingang. Er lehnte sein Rad gegen die Burgmauer. Unter ihm erstrahlte die Mainmetropole im Schein zahlreicher Lichter. Auch die Festung Marienberg wurde von vielen Scheinwerfern illuminiert, so dass er gut sehen konnte. Er prüfte das Türschloss. Es hing geöffnet im Riegel, der zurückgeschoben war. Ehe er sich darüber Gedanken machen konnte, hörte er hinter sich in den Reben ein leises Rascheln. Bevor er sich umsehen konnte, wurde ihm von hinten ein harter Gegenstand in die Nierengegend gedrückt und eine leise Stimme befahl: „Hands up!" Anton hatte keinen Zweifel an der Identität des Gegenstandes, der ihm da in den Rücken gepresst wurde. Langsam krochen seine Hände in die Höhe. Mit kundigen Griffen tastete ihn der Unbekannte blitzschnell ab.

„No problem! No problem!", stieß Anton hervor. Was anderes fiel ihm, geschockt wie er war, nicht ein.

Bei einem Seitenblick konnte er einen schwarz gekleideten Typen erkennen, der eine Maske trug. Das war kein Spaß! In was für ein Ding war er da geraten?

Der Mann hinter ihm schien nachzudenken, schließlich ließ er seine Waffe sinken und sagte gepresst: „This is a police action. Take your bike and go out of here. Quickly!"

Das ließ sich Anton Töpfer nicht zweimal sagen. Er warf sich auf dem Absatz herum, schnappte sich sein Rad, saß auf und raste davon. Von irgendwelchen mittelalterlichen Geheimrezepten hatte er die Schnauze endgültig gestrichen voll.

Gute zwei Stunden später hörte der Wachposten zwischen den Weinreben die Schritte mehrerer Personen. Als er seinen Boss erkannte, trat er vor und gab sich zu erkennen.

„Problems?", wollte Yülan wissen. Der Aufpasser verneinte. Den Vorfall mit dem jungen Mann verschwieg er.

Einer der beiden Männer, die mit Yülan gekommen waren, griff hinter das Türblatt und schob den Haltedraht nach oben. Sie traten ein.

Der Wächter blieb auf seinem Posten. Es war kurz vor drei Uhr nachts, als er auf dem Weinbergweg das Knirschen von zahlreichen Sohlen hörte. Als er erkannte, wer sich da näherte, zog er sich lautlos hangabwärts tief zwischen die Reben zurück. Hier würde ihn keiner finden.

*

Nachdem Xaver Marschmann die Stimme Yülans erkannt hatte, presste er sich dicht an den Boden. Verdammter Mist, dachte er, das war knapp. Er konnte erkennen, wie Yülan und zwei seiner Männer das Labor betraten. Die Unterhaltung wurde in der unbekannten Sprache geführt. Als Marschmann schon dachte, das Gespräch würde die ganze Nacht dauern, schlug Yülan den Vorhang zur Seite und verließ mit Gefolge das Labor.

In diesem Augenblick schossen aus dem Gang völlig überraschend die blendenden Lichtstrahlen mehrerer starker Handscheinwerfer, gefolgt von dem rauen Schrei „Polizei!" aus mehreren Männerkehlen sowie dem Getrampel von Einsatzstiefeln. Sofort fielen zwei Schüsse, die sein Trommelfell strapazierten. Marschmann glaubte einen Schatten an sich vorbeihuschen zu sehen, dann drückte er den Kopf auf die Arme.

*

Erich Rottmann war mit seinem VW Käfer zur Festung gefahren. Die Einsatzkräfte waren etwa zwei Stunden vor dem Einsatz vor Ort. Ihre Fahrzeuge parkten sie im ersten Burghof nahe der historischen Pferdetränke. Dort waren sie bis zum Einsatz gut versteckt. Rottmann saß mit im Bus des Einsatzleiters. Er schilderte Stahl, der mit dem Einsatzkommando eingetroffen war, anhand eines Lageplanes die Örtlichkeiten, wie er sie vorgefunden hatte. Mit im Bus saßen zwei Gruppenleiter des SEK und ein Bediensteter des Staatlichen Bauamts in Würzburg, den Stahl angefordert hatte. Er war für die Betreuung der Kasematten der Festung zuständig, hatte entsprechende Pläne mitgebracht und erläuterte nun dem Beamten die zahlreichen Schlupflöcher, über die die Festung verfügte.

„Diese Gänge und Gewölbe waren zu Zeiten der Fürstbischöfe taktisch schon sinnvoll. Dort konnte man bei Belagerungen Lebensmittel, Tierfutter und Waffen lagern. Diese Ausfalltore hat man dann genutzt, um in geeigneten Momenten Ausfälle gegen die feindlichen Truppen durchzuführen."

„Schön", kürzte Stahl den Geschichtsunterricht ab. „Wo müssen wir überall Kräfte positionieren, damit uns keiner entschlüpfen kann?"

Der Fachmann zeigte die Stellen auf dem Plan. „Allerdings übernehme ich keine Garantie für die Vollständigkeit. Keiner kennt alle Gänge und Schlupflöcher. Ein Teil ist verfallen und nicht mehr begehbar."

„Na prima", gab Stahl zurück. „Wie viele Männer können in dem Gang, um den es hauptsächlich geht, nebeneinander stürmen?"

„Höchstens drei."

„Gut." Stahl sah auf seine Armbanduhr. „Uhrenvergleich. Es ist jetzt genau 3.12 Uhr. Um 3.30 Uhr erfolgt der Zugriff." Er sah Rottmann an. „Sie warten am besten hier im Bus."

Der ehemalige Leiter der Würzburger Mordkommission

schüttelte entschieden den Kopf. „Marschmann ist mein Freund. Ich werde selbstverständlich mit reingehen!"

Stahl hätte ihm das natürlich verbieten können, aber wahrscheinlich hätte er ihn dann in Handschellen legen lassen müssen.

„Von mir aus, aber erst, wenn die Männer das Einsatzgebiet gesäubert haben." Rottmann gab sein Einverständnis – und dachte sich seinen Teil. Seine kleine Derringer steckte, mittlerweile geladen, in seiner Jackentasche. Die Schutzweste, die ihm der Einsatzleiter aushändigte, legte er allerdings brav an.

Pünktlich um 3.30 Uhr befahl der Einsatzleiter „Zugriff!" und die Männer des SEK drangen durch das geöffnete Tor ein, das nur durch die primitive Drahtschlaufe von innen gesichert war. Zuvor hatte man nach dem Wachposten gesucht, um ihn auszuschalten, er war aber nicht zu finden gewesen.

Die Laserlampen, die an die Schusswaffen der Einsatzkräfte montiert waren, durchschnitten die Finsternis des Ganges, als die Männer stürmten. Erich Rottmann war der neunte Mann, der mit seiner Derringer in der Hand in den Gang rannte. Vor ihm fielen zwei ohrenbetäubende Schüsse, dann ging alles sehr schnell. Zwei SEK-Beamte drückten einen angeschossenen Mann auf den Boden und legten ihm Kabelbinder an. Es war offenbar der Typ, der geschossen hatte. Getroffen hatte er nicht. In Sekundenschnelle hechteten zeitgleich andere SEK-Männer in das Labor. Die zwei Männer in weißen Laborkitteln ergaben sich sofort und wurden ebenfalls hart zu Boden geworfen und gefesselt. Hinter einem Labortisch richtete sich mit erhobenen Händen ein großer, dunkel gekleideter Mann auf. Seine Waffe ließ er auf den Boden fallen. Schnell wurde er überwältigt. Nach weniger als einer Minute war der Einsatz beendet.

Nicht für Öchsle! Wütend bellend stürmte er in den finsteren Gang. Er war so auf eine Spur fixiert, dass er achtlos an dem am Boden liegenden Xaver Marschmann vorbeiraste. Dem Rüden war nicht entgangen, dass jemand tiefer in den Berg hineingeflüchtet war. Erich Rottmann hatte natürlich nichts Besseres zu tun, als sich eine Taschenlampe zu schnappen und mit gespannter Waffe hinter seinem Hund herzulaufen. Er kam jedoch nicht weit. Nach ein paar Sätzen stolperte er über einen menschlichen Fuß, der in den Gang ragte. Rottmann strauchelte und fiel auf den Bauch. Dabei drückte er im Affekt den Abzug seiner Derringer. Donnernd löste sich ein Schuss. Mit einem schmerzhaften Aufschrei blieb Erich Rottmann liegen. Sofort kamen SEK-Männer angestürmt, um den vermeintlichen Angreifer zu fassen. Einen Augenblick später erhellten mehrere Lampen die Szene. Stahl beugte sich über den stöhnenden Exkriminalbeamten und nahm ihm vorsichtig die Derringer ab. „Wo sind Sie getroffen?", fragte er besorgt.

„Hinten", stöhnte Rottmann. Es brannte teuflisch!

„Der Arzt ist schon unterwegs", erklärte Stahl. Selbstverständlich war bei einem solchen Einsatz immer ein Mediziner anwesend. „Ich glaube, Sie wurden von ihrem eigenen Querschläger getroffen. Es scheint aber nicht lebensgefährlich zu sein." Irgendwie hatte Rottmann das Gefühl, als fände Stahl das belustigend.

„Entschuldige, Erich, aber du bist über meinen Fuß gestolpert", hörte er da unvermutet die Stimme von Xaver Marschmann neben sich. Trotz seiner Schmerzen riss Rottmann die Augen auf, als er das Gesicht seines Freundes sah, das aussah, als wäre er einer Geisterbahn entflohen. Total verdreckt und voller eingetrocknetem Blut. Er lag neben ihm im Erdreich des Ganges.

„Mein Gott, Xaver", brachte er nur heraus, dann verstummte er, weil der Arzt kam und nach kurzer Untersuchung feststellte: „Da muss ich Ihnen leider die Hose vom Körper schneiden. Sie sind offenbar am Gesäß verletzt."

Erich Rottmann gab ein lautes Stöhnen von sich. Weniger wegen der Schmerzen als wegen der Blamage. Er sah schon seine Stammtischbrüder die Schlagzeile in der Mainpostille verschlingen: „Ehemaliger Leiter der Würzburger Mordkommission schießt sich selbst in den Hintern". Am liebsten wäre er für immer im nächsten Loch verschwunden. Da konnte auch Öchsle keinen Trost spenden, der, als er den Schmerzensschrei seines Menschen gehört hatte, sofort seine Verbrecherjagd abgebrochen hatte und zurückgekommen war. Eifrig leckte er seinem Herrchen die Hand ab.

Erich Rottmann und Xaver Marschmann lagen jetzt schon seit drei Tagen im selben Krankenzimmer des Juliusspitals. Rottmann auf dem Bauch, mit einer Art Zelt über dem Gesäßbereich, das verhinderte, dass die Bettdecke mit seiner Schussverletzung in Berührung kam. Diese Lage war für den Schoppenfetzer natürlich sehr unangenehm, speziell bei der Nahrungsaufnahme und insbesondere bei den nach wie vor erforderlichen Verdauungsvorgängen. Ungefähr alle drei Minuten stieß Rottmann einen tiefen Seufzer aus, so auch gerade eben wieder. Marschmann, der eine schwere Gehirnerschütterung davongetragen hatte und wegen einer mehrfach genähten Platzwunde einen dicken Verband um den Schädel tragen musste, sonst aber einigermaßen beweglich war, fühlte sich bei jedem Stöhnen persönlich angesprochen.

„Erich, ich kann dir gar nicht oft genug sagen, wie leid es mir tut, dass du angeschossen wurdest und wie dankbar ich dir bin. Ohne deinen Einsatz würde ich jetzt schon das Gras von unten betrachten."

„Xaver, red keinen Unsinn. Das SEK hätte dich auch ohne mich herausgeschlagen. Vielmehr mache ich mir Sorgen wegen Öchsle. Der Junge ist es doch nicht gewöhnt, von mir so lange getrennt zu sein. Hoffentlich frisst er auch regelmäßig."

„Elvira kümmert sich schon, darauf kannst du dich doch verlassen."

Es klopfte und Dr. Spritzer, der Chefarzt, betrat das Krankenzimmer. Rottmann und Marschmann waren beide Privatpatienten mit dem Anspruch auf Chefarztbehandlung. Eine Krankenschwester begleitete den Arzt. Sie hielt ein Klemmbrett in der Hand und notierte die Anweisungen, die Dr. Spitzer traf. Gesondert führte sie eine Strichliste, da bei der Privatliquidation die Anzahl der verabreichten Händedrücke am Krankenbett eine nicht unbedeutende Rolle spielte.

„Lieber Herr Rottmann", begann der Arzt, „Sie wissen, dass Sie heute auf eigenen Wunsch entlassen werden. Über meine Bedenken habe ich Sie ja bereits aufgeklärt, und die erforderliche Erklärung, in der Sie die Verantwortung für etwaige Komplikationen übernehmen, haben Sie unterschrieben. Das geht natürlich nur, wenn Ihre Pflege garantiert ist. Zum Glück haben Sie nur einen Streifschuss erhalten, der allerdings quer über den oberen Bereich Ihrer beider Gesäßbacken eine tiefe Furche gezogen hat und mit mehreren Stichen genäht werden musste. Sicher schmerzhaft und äußerst unangenehm, aber nicht gefährlich. Sie können von Glück reden, dass der Kerl, der auf Sie geschossen hat, so ein schlechter Schütze war."

Rottmann verzog sein Gesicht und drückte es ins Kissen. Wenn der wüsste!

„Wir haben", fuhr der Arzt fort, während er zu Rottmanns Bett ging und leicht die Bettdecke über dem Zelt lüftete, um einen Blick auf den Verband und auf Rottmanns im Übrigen nackten Hintern zu werfen, „wir haben einen Transport vom Roten Kreuz angefordert, der Sie abholen wird. Ihre Lebensgefährtin ist bereits auf dem Weg hierher und wird Ihnen behilflich sein und Sie begleiten. Die gute Frau Stark hat sich auch bereit erklärt, Ihre persönliche Pflege zu übernehmen. Bei diversen körperlichen Verrichtungen werden Sie in den nächsten zehn Tagen sicher einfühlsame Hilfe benötigen. Frau Stark wird von uns einen Heil- und Pflegeplan mitbekommen, damit die Wunde auch im erforderlichen Umfang versorgt wird."

Als Rottmann „Lebensgefährtin" hörte, riss es ihn innerlich und er bäumte seinen Oberkörper leicht auf. Die Worte, die ihm auf den Lippen lagen, wurden allerdings von dem stechenden Schmerz erstickt, der, ausgelöst durch die heftige Bewegung, durch seinen unteren Rücken zuckte.

Trotz seiner Kopfschmerzen hatte Xaver Marschmann Mühe, einen Lachanfall zu unterdrücken. Der Arzt hatte ja keine Ahnung, was er mit seinen Worten anrichtete.

In gleichen Augenblick klopfte es wieder an die Tür und Elvira Stark streckte ihren Kopf herein.

„Grüß Gott", rief sie gut gelaunt. „Wie geht es denn unseren beiden Helden?"

„Ah, Frau Stark", sagte Dr. Spritzer erfreut. „Sie kommen gerade recht. Die Schwester hat schon die Sachen von Herrn Rottmann zusammengepackt. Sie müssten nur noch die Abmeldung in der Verwaltung erledigen, dann können Sie Ihren Liebsten mitnehmen. Der Krankentransport ist schon unterwegs."

Rottmann verzog das Gesicht, als hätte er Zahnschmerzen.

„Wunderbar", freute sich Elvira, „wird alles erledigt." Sie zwinkerte Rottmann vertraulich zu.

„Erich, du hast es gut", konnte sich Marschmann nicht verkneifen zu sagen. Zum Arzt gewandt: „Und wie sieht es mit mir aus? Ich fühle mich eigentlich wieder ganz fit."

„Tut mir leid, Herr Marschmann, aber ihr Kopf hat einen harten Stoß abbekommen. Mit einer solchen Gehirnerschütterung ist nicht zu spaßen. Ein paar Tage werden Sie uns schon noch erhalten bleiben."

„Frage mich, was da erschüttert sein soll", grantelte Rottmann halblaut in sein Kissen. Wenn er bei seinem nachdrücklich geäußerten Wunsch nach Entlassung gewusst hätte, wie sich seine häusliche Pflege gestalten würde, wäre er lieber im Krankenhaus geblieben. Andererseits wollte er Öchsle einfach nicht so lange alleine lassen, auch wenn Elvira ihn sicher gut versorgte.

Der Arzt verabschiedete sich von Rottmann mit Händedruck, was die Schwester zu einem weiteren Strich auf ihrer Liste veranlasste, und wünschte ihm alles Gute.

Die Schwester schloss sich diesen Wünschen an. Innerlich atmete sie stellvertretend für das gesamte Pflegepersonal der Station auf. Der ans Bett gefesselte Erich Rottmann war eine schwere Prüfung für alle Schwestern gewesen.

Rottmann musste natürlich auf dem Bauch liegend transportiert werden. Die Sanitäter verluden ihn in den Transporter und Elvira fuhr auf dem Beifahrersitz mit. Einige Passanten schauten neugierig, als der Krankenwagen in der Rosengasse hielt und die Trage mit Rottmann ausgeladen wurde.

„Hier herein", rief Elvira und öffnete weit ihre Haustür.

„Halt, Moment", protestierte der Patient heftig. „Ich wohne im Nebenhaus."

„Was nun?", fragte der Sanitäter, der die Bahre vorne trug. „Hier oder dort? Der Patient ist nicht gerade ein Leichtgewicht!"

„Das hat schon seine Ordnung", erwiderte Elvira. „Bei mir ins Haus."

Zu Rottmann gewandt raunte sie mit einer gewissen Schärfe im Ton: „Du kommst selbstverständlich zu mir. Da kann ich dich viel leichter pflegen und Öchsle versorgen. Du wirst doch nicht erwarten, dass ich ständig zwischen zwei Häusern hin und her renne, oder?"

Erich Rottmann fehlten einfach die Worte. Das kam ja einer Entmündigung gleich!

Keuchend schleppten die Sanitäter den brummenden Patienten die vielen Stufen zum obersten Stockwerk hinauf und hievten ihn schließlich nicht ganz sanft auf Elviras Doppelbett. Erschwerend kam hinzu, dass ihnen der vor Freude völlig ausgeflippte Öchsle ständig zwischen die Beine geriet. Während des Umbettens mussten sie das Tuch, mit dem Rottmann zugedeckt war, entfernen, so dass sein verbundener Hintern freilag.

„Wir sind doch hier nicht bei einer Peepshow", schimpfte Rottmann und zerrte mit verkniffener Miene das Tuch über sich.

„Mein Gott, wir haben schon einmal einen nackten Männerhintern gesehen", erwiderte der Sanitäter und richtete das Zelt wieder über Rottmanns Gesäß. Dann wandten sich die beiden zum Gehen.

„Na, viel Spaß mit diesem Patienten", sagte einer der Männer, während Elvira beide zur Tür brachte. Als kleine Entschädigung für ihre Mühe drückte sie ihnen ein großzügiges Trinkgeld in die Hand.

Als Elvira ins Schlafzimmer zurückkam, blieb sie unter der Tür stehen und betrachtete Erich Rottmann, der sein Gesicht ins Kissen drückte. Öchsle saß schwanzwedelnd neben dem Bett und hatte seinen Kopf direkt neben dem Kopf seines Menschen auf das Laken gedrückt.

„Wie geht es dir?", fragte Elvira. „Brauchst du eine Schmerztablette?"

Keine Antwort.

„Erich, jetzt stell dich nicht so an! Es ist einfach praktischer, dich hier zu pflegen." Sie trat einen Schritt näher und öffnete eine Tür des Nachttischchens. „Hier ist alles, was du brauchst, wenn du mal … du weißt schon." Zu Rottmanns Entsetzen holte sie eine Bettpfanne aus Edelstahl und eine gläserne Bettflasche heraus. Rottmann wäre am liebsten in der Matratze verschwunden. „Sicher kannst du in ein paar Tagen alleine auf die Toilette." Sie räumte die Utensilien wieder weg. „Du wirst sicher Appetit haben. Ich habe dir eine extragroße Portion Leberkäs vom Metzger deines Vertrauens besorgt, damit es dir an nichts fehlt. Zum Stammtisch wirst du in den nächsten drei Wochen ja wohl nicht kommen."

Aus dem Bett kam ein Brummen, das nicht mehr ganz so abweisend wirkte.

„Ich habe mir allerdings gedacht, wenn du schon nicht zum Stammtisch kannst, warum soll der Stammtisch nicht zu dir kommen? Jedenfalls werden heute Nachmittag deine Schoppenbrüder vorbeikommen, um dich zu besuchen. Sie bleiben dann so lange hier, bis ich wieder von der Arbeit komme. Dann bist du nicht alleine. Sicher kannst du auch einen Schluck Wein trinken … aber wirklich nur ein Glas. Du stehst schließlich unter Medikamenten!"

Die Aussicht, dass ihn seine Stammtischbrüder in dieser hilflosen Lage sehen würden, fand er nicht ganz so prickelnd, auf der anderen Seite fehlte ihm ihre Gesellschaft.

Rottmann musste natürlich im Liegen essen. Nach der Mahlzeit nahm er dann doch eine Schmerztablette und fiel in einen erholsamen Schlummer. Das Läuten an der Türglocke weckte ihn auf.

„Das werden deine Stammtischbrüder sein", kam Elviras Stimme aus der Küche.

Es gab natürlich ein großes Hallo, als die Freunde das Schlafzimmer stürmten.

„Wir haben uns überlegt, was wir dir Nützliches mitbringen können", sprach Horst Ritter für alle. „In deiner Situation ist etwas Praktisches sicher angebracht." Er griff nach hinten und präsentierte Erich Rottmann eine Großpackung feinstes, ultraweiches Klopapier. „Sogar für Babypopos geeignet", ergänzte er grinsend.

Rottmann presste die Lippen zusammen. „Herzlichen Dank, ich werde mich sicher einmal revanchieren können." Es klang eher wie eine Drohung.

„Da haben wir noch etwas", meldete sich Ron Schneider zu Wort und überreichte Rottmann ein kleines Päckchen. Es war eindeutig ein Buch. Der Patient riss es mühsam auf und las den Titel: „Der sichere Umgang mit Schusswaffen – Ein kleines Brevier für Anfänger". Rottmann lächelte verkniffen, er hatte es nicht anders verdient.

Es wurde dann trotz allem ein schöner Nachmittag. Als Elvira aus dem Rathaus zurückkam, komplimentierte sie die Herren langsam hinaus. Der Patient brauchte Ruhe.

Kurz vor dem Zubettgehen erschien Elvira im Schlafanzug, unter dem Arm eine Tasche. „Wir müssen jetzt deine Wunde neu verbinden", erklärte sie und zog Rottmann ohne viel Federlesens die Zudecke weg. Erich Rottmann erstarrte und steckte sein Gesicht ins Kissen.

„Erich, jetzt stell dich nicht so an. Du kannst deinen Hintern doch durchaus sehen lassen. Besonders nachdem ihn dir die Krankenschwestern offenbar rasiert haben. Oder war das eine Heißwachsbehandlung? Glatt wie ein Babypopo!" Sachte strich sie Rottmann über die Pobacken, dabei löste sie sanft die Klebestreifen, mit denen der Verband befestigt war. Vorsichtig tupfte sie die Naht mit einer desinfizierenden Lösung ab und erneuerte den Verband.

Erich Rottmann erfüllten höchst zwiespältige Gefühle.

Elviras Hände waren wirklich sanft wie eine Feder, aber dass sie sein Hinterteil so ungeschützt betrachten konnte und dies offenbar auch ziemlich schamlos tat und genoss, machte ihn ziemlich fertig. Und was tat sie jetzt? Obwohl sie doch eigentlich mit dem Verbinden fertig war, streichelte sie ihm noch immer sanft sein Gesäß. Rottmann wurde ganz anders. Schließlich hielt er es nicht mehr aus.

„Elvira, das ist sexueller Missbrauch eines Schutzbefohlenen und strafbar! Wenn du nicht riskieren willst, dass du ein Loch in deine Matratze bekommst, solltest du jetzt wirklich aufhören!"

Elvira Stark lachte leise. „Erich Rottmann, Erich Rottmann, du alter Macho, gib doch nicht so an! Das ist nur eine kleine Entspannungsmassage. Im Übrigen riskierst du diese große Lippe doch nur, weil du dich nicht umdrehen kannst."

Erich Rottmann stöhnte. Diese Frau machte ihn wirklich fertig!

Öchsle lag neben dem Bett seines Menschen und hörte sich den Dialog an. Der Rüde verstand zwar kein Wort von dem Gesagten, aber das war ihm egal. Er war wieder bei seinem Menschen und das alleine zählte für ihn.

EPILOG

Die Befreiungsaktion in den Kasematten der Festung Marienberg war natürlich tagelang Thema in den Medien, speziell in der Würzburger Mainpostille. Der Sensationsreporter Christian Schöpf-Kelle sah in dem Stoff wieder einmal die Möglichkeit, ordentlich Kohle zu verdienen. Als das mediale Interesse an dem SEK-Einsatz nachließ, beschäftigte er sich mit dem Hintergrund der verstorbenen Studenten. Von einer Quelle hatte er erfahren, dass die jungen Leute in den Kasematten verbotene Treffen abgehalten hatten. Im Rahmen seiner Recherchen stieß er auf die *Schwestern und Brüder der Nacht*. Schöpf-Kelle roch eine heiße Story und bedrängte die noch lebenden Mitglieder der Gruppe. Seine Interviewwünsche wurden allerdings von allen noch verbliebenen Mitgliedern abgelehnt … bis auf Anna Zollny. Nachdem er ihr einen größeren Betrag angeboten hatte, packte sie aus. Dadurch erfuhr der Reporter auch von den altertümlichen Aufzeichnungen, denen der verstorbene Anführer der Gruppe das Rezept für den verhängnisvollen Hexentrunk entnommen hatte.

Irgendwann hatte Schöpf-Kelle die junge Studentin so weit, dass sie sich bereit erklärte, mit ihm die Aufzeichnungen aus dem Gewölbekeller zu holen. In einer Nacht-und-Nebel-Aktion brach Schöpf-Kelle in Begleitung von Anna Zollny das erneuerte Schloss des Tores in die Unterwelt der Burg auf. Sie betraten das Gewölbe. Von der Laboreinrichtung und den Spuren des Polizeieinsatzes war nichts mehr zu erkennen. Es dauerte einen Moment, bis Anna im Schein einer Taschenlampe den richtigen Stein gefunden hatte, den Christoph damals gelockert hatte, um dahinter das Buch zu verwahren. Die Aufzeichnungen lagen unberührt an Ort und Stelle, eingewickelt in schützende Folie. Schnell verließen die beiden den unheimlichen Ort. Am Tor brachte Schöpf-Kelle ein mitgebrachtes Vorhängeschloss an. Sollten sich doch die Verantwortlichen wundern, wenn ihre Schlüssel nicht passten.

Schöpf-Kelle hatte keine Mühe, Anna Zollny die Aufzeichnungen abzuschwatzen. Sie war froh, wenn sie damit nichts mehr zu tun hatte. Der Reporter überlegte lange, wie er den Fund ausschlachten konnte. Dabei kam ihm die Idee, das Drogenrezept in einer Art Selbstversuch auszuprobieren. Von Anna wusste er, dass er eine Art Tee zubereiten musste. Ein befreundeter Apotheker half ihm dabei, die benötigten Zutaten zu beschaffen.

An einem Abend setzte sich Schöpf-Kelle auf seine Couch, öffnete einen Bocksbeutel trockenen Silvaners und nahm vorsichtig einige Schlucke von dem zubereiteten Hexentrank. Da er gallenbitter war, schwenkte er gleich mit Wein nach. Lange Zeit geschah gar nichts. Die Weinflasche war bereits geleert, als dem Reporter schlagartig fürchterlich schlecht wurde. Fluchtartig stürmte er das Bad, umarmte die Toilette und gab den röhrenden Hirsch. Es dauerte fast eine Stunde, bis sich sein Magen bis zum letzten Rest umgestülpt hatte. Er musste bei der Zubereitung einen Fehler gemacht haben. Völlig erschöpft schlief er auf der Couch ein. Von Hexentränken hatte er die Schnauze gestrichen voll. Die Sensationsstory blieb ungeschrieben.

Zwei Tage später fand die Leiterin des Mainfränkischen Museums auf der Festung Marienberg einen an sie persönlich adressierten, wattierten Umschlag ohne Absender in der Post. Als sie ihn öffnete, glitt ihr ein in Seidenpapier eingeschlagenes Buch entgegen. Sie sah sofort, dass es alt war. Vorsichtig blätterte sie darin herum und erkannte, dass es sich mit hoher Wahrscheinlichkeit um historische Aufzeichnungen einer kräuterkundigen Person aus einem früheren Jahrhundert handelte. Die Überprüfung durch die Fachabteilung bestätigte später dieses Urteil. Das Buch hatte eine erstaunliche Ähnlichkeit mit einem Exponat, das vor zwei Jahren aus dem Magazin verschwunden war.

✶

Der Mann saß in der geräumigen Suite des Hotels *Goldene Traube* in Coburg und legte das Telefon zur Seite. Gerade hatte er das Gespräch mit seinem Boss beendet, der noch immer im Universitätsklinikum in Würzburg einen komplizierten Beinbruch auskurierte, den er sich einige Zeit nach seinem Eintreffen in Deutschland bei einem Reitunfall zugezogen hatte. Jetzt beugte er sich über den Tisch und studierte einen historischen Plan der Veste Coburg.

In seinem gefälschten Pass stand der Name Robert Mike Underwood, aus Texas, USA. Seine Oberlippe und sein Kinn zierte ein sprießender Bart.

Neben ihm stand ein untersetzter Mann mittleren Alters mit dunklem Vollbart, der sich ebenfalls in die Zeichnung vertieft hatte. Die beiden unterhielten sich im breiten Südstaatendialekt der Vereinigten Staaten.

„Ein noch idealerer Ort für unsere Planung", meinte der Vollbärtige.

„Sehe ich auch so", gab der andere zurück. „Du besorgst

einige geeignete Männer und ich werde das Equipment organisieren."

„Was geschieht mit unseren Leuten, die in Würzburg festgenommen wurden?"

Underwood richtete sich auf. „Du bist heil herausgekommen, das ist mir wichtig. Um die anderen mach dir keine Gedanken. Sie werden schweigen – für immer. Dafür ist gesorgt." Damit war das Thema für ihn erledigt. Er legte seine Hand auf den Plan und lächelte. „Einfach wunderbar, dass dieses Land über so viele alte Burgen verfügt. Meine Hochachtung vor den alten Baumeistern, die in diese Festungen so viele Gänge und unterirdische Gewölbe angelegt haben. Aus so einem Fuchsbau findet man immer einen Fluchtweg. Was soll man sagen? Ein neues Spiel, ein neues Glück!" Sein schrilles Falsettlachen schmerzte dem verdeckten DEA-Ermittler in den Ohren.

Band 1	Der *Schoppenfetzer* und die Silvanerleiche
	159 Seiten · Broschur · ISBN 978-3-9808253-2-0
Band 2	Der *Schoppenfetzer* und der Tod des Nachtwächters
	167 Seiten · Broschur · ISBN 978-3-9808253-4-4
Band 3	Der *Schoppenfetzer* und das Rotweingrab
	156 Seiten · Broschur · ISBN 978-3-9808253-6-8
Band 4	Der *Schoppenfetzer* und das Riesling-Attentat
	159 Seiten · Broschur · ISBN 978-3-9808253-8-2
Band 5	Der *Schoppenfetzer* und der Henkerswein
	157 Seiten · Broschur · ISBN 978-3-939103-03-5
Band 6	Der *Schoppenfetzer* und der Messweinfluch
	165 Seiten · Broschur · ISBN 978-3-939103-09-7
Band 7	Der *Schoppenfetzer* und die Weindorftoten
	159 Seiten · Broschur · ISBN 978-3-939103-15-8
Band 8	Der *Schoppenfetzer* und die Bacchus-Verschwörung
	157 Seiten · Broschur · ISBN 978-3-939103-22-6
Band 9	Der *Schoppenfetzer* und die Rache des Winzers
	157 Seiten · Broschur · ISBN 978-3-939103-25-7
Band 10	Der *Schoppenfetzer* und die Satansrebe
	187 Seiten · Broschur · ISBN 978-3-939103-34-9
Band 11	Der *Schoppenfetzer* und die blutrote Domina
	175 Seiten · Broschur · ISBN 978-3-939103-39-4
eBooks	Die Schoppenfetzer-Krimis sind auch als eBooks erhältlich. www.der-schoppenfetzer.de/ebooks

Günter Huth
Der *Schoppenfetzer* und der tödliche Rausch

© Buchverlag Peter Hellmund, Würzburg
Alle Rechte vorbehalten

Gestaltet von Peter Hellmund
Gedruckt und gebunden von CPI – Clausen & Bosse in Leck
Lektoriert von Claudia Krug und Monika Thaller

Erste Auflage 2013
ISBN 978-3-939103-46-2

www.buchverlag.hellmund.de
www.der-schoppenfetzer.de